新潮文庫

はしからはしまで

みとや・お瑛仕入帖

梶よう子著

新潮社版

11505

目次

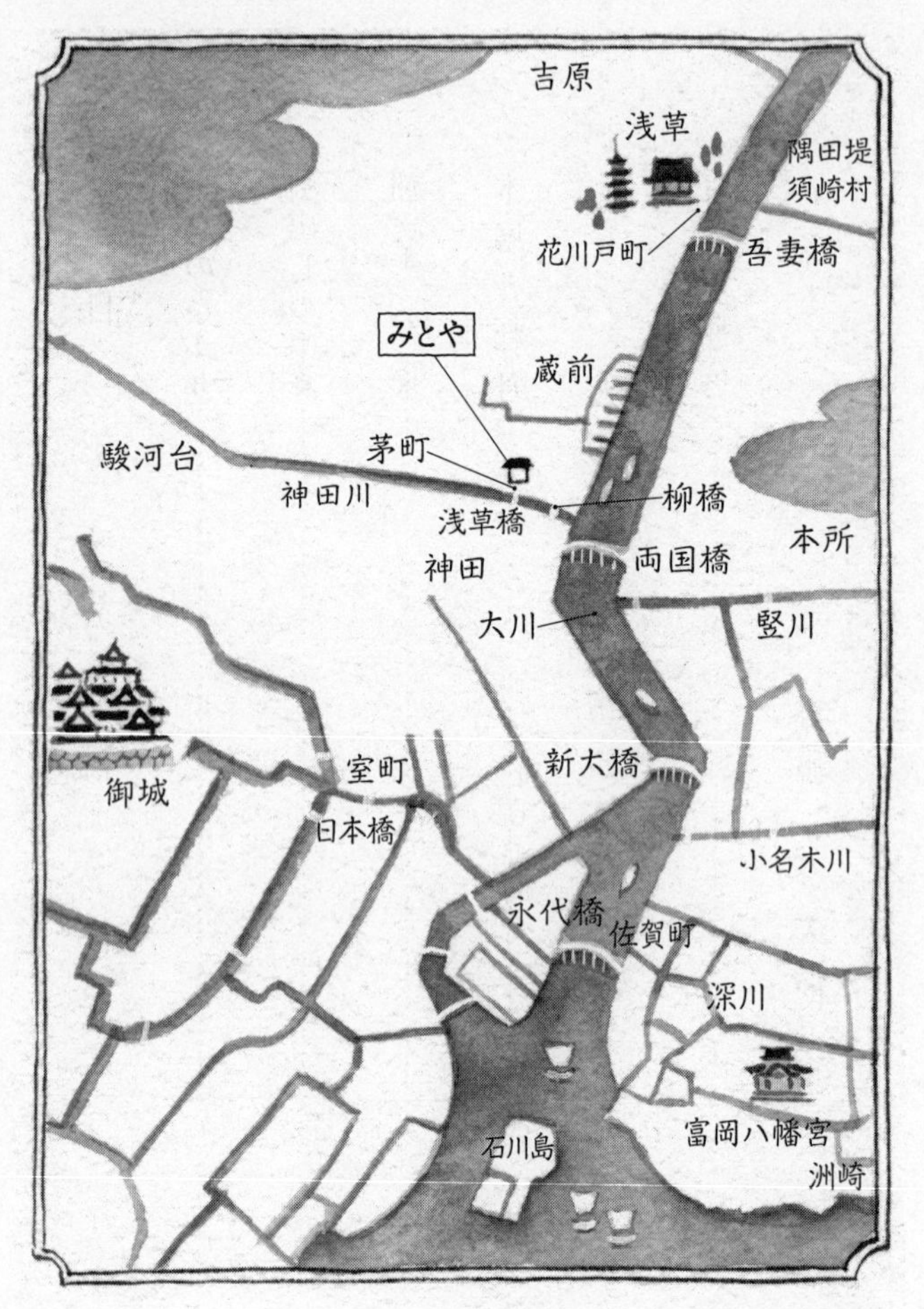
吉原
浅草
隅田堤
須崎村
花川戸町
吾妻橋
みとや
蔵前
駿河台
茅町
神田川
浅草橋
柳橋
本所
神田
両国橋
大川
竪川
御城
室町
新大橋
日本橋
小名木川
永代橋
佐賀町
深川
富岡八幡宮
石川島
洲崎

絵図　山本祥子

はしからはしまで

みとや・お瑛仕入帖

水晶のひかり

一

空が高くなり、少し冷たい風が通りの乾いた土を舞い上げる。そろそろ冬支度をしなければという頃、茅町界隈に――いや茅町どころか、大げさにいえば江戸中に、衝撃と落胆が広がった。

でも、それは男どもの間だけのことで、お瑛はその話を兄の長太郎から聞かされたとき、諸手を挙げて喜んだ。

裏店に住む耳聡い左官の女房は、「これでウチの宿六も眼が覚めるだろうさ」と、ほっと胸を撫で下ろしていた。

「なんでもかでも三十八文。あぶりこかな網三十八文。枕、かんざし三十八文。はしからはしまで三十八文」

お瑛は店座敷に座ったまま、揚げ縁の上の品物にはたきをかけながら、売り声を上げた。ふと、手許に影が落ちて、

「いらっしゃいま――」

顔を上げたお瑛は息を呑んだ。

立っていたのは清吉だ。

「これ、くれよ」

揚げ縁の上の笊を指さした。

お瑛と長太郎の兄妹が営む『みとや』の向かいにある乾物屋のどら息子。だが、めっきり人相が変わっている。

眼の下にはくまができ、頬もこけて、視線も定まらない。そのうえ鬢はほつれて、髷もばさばさ。襟の合わせもだらしない。

柳の下にいたら、悲鳴を上げて逃げ出したくなるようだ。

「どうしちゃったの、清吉さん」

清吉は、弱々しく息を吐いた。

「どうもこうもねえよぉ」

悲鳴にも似た声を上げて、一体いつそんなことになっちまったんだ、としゃがみ込んで頭を抱えた。

「ちょっとちょっと、清吉さん」

お瑛は、腰を浮かせて、きょろきょろとあたりを見回す。

店の前で踞られたら道行く人に変な眼で見られる。

案の定、棒手振りの植木屋が不審な眼を向けて、通り過ぎていった。

清吉が、はっと顔を上げてにわかに立ち上がり、揚げ縁の上に手をついた。

「なあ、お瑛ちゃんは知ってたんじゃねえのかい？　長太郎兄さんはどうだい？」

ええと、とお瑛は空とぼけて、清吉の視線をそらす。

「ああ、その態度は知ってやがったな。なんだよなんだよ、教えてくれてれば、おれ、こんなに辛ぇ思いをしなかったのによぉ」

清吉がぐいと身を乗り出し、訴えるようにいう。お瑛は思わず身を仰け反らせた。たぶん、清吉みたいな男がそこら中にいるに違いない。気の毒には思うが、これっかりは致し方ない。

と、裏店の木戸から、折悪しく直之が出て来た。清吉はめざとく直之をその眼で捉えると、弾かれるように飛んでいった。

清吉の勢いに気圧された直之が後退りする。清吉はそんな直之に構わず両肩をがしっと摑んで揺さぶった。

「『はなまき』のお花さんのことだよ」

はなまきは、吉原の元花魁、花巻の総菜屋だ。煮豆はしゃもじひと掬い、串もののの煮はまぐりや焼き椎茸などのお菜を一品四文で売るので、四文屋とも呼ばれる。『みとや』のはす向かいに店を開いてから、まだ一年と少し。お花は、黒目がちの眼にすっと通った鼻すじ。立ち姿は艶やかな菖蒲の花、座り姿は華麗な牡丹。誰もがため息を吐いたという吉原で大人気の花魁だった。そんなお花が営む店は、開店初日から押すな押すなの大盛況。しかも客のほとんどが鼻の下をでれりと伸ばした男ばかり。

一時より客足は落ち着いたとはいえ、それでも午後の早いうちには売り切れとなり、早々に店仕舞いしている。今日も、大戸に「本日売り切れ」の貼り紙が貼られていた。

「え？　お花さんとお前さんの親父さんとが祝言を挙げるってのは、まことのまことなのかよぉ。いつそんな間柄になったんだ」

清吉の声はもう泣き声に近い。

「そ、それは……」

直之が戸惑う。

お瑛はため息を吐いた。直之さんを質したところで、納得できるような答えが返ってくるはずがない。

すると直之が爽やかに笑った。さすがはお武家のご子息だと感心した。肝が据わっているというか、興奮気味の清吉にまったく動じない。

「まあまあ、気を落ち着けてください」

面食らった清吉が直之の肩から手を離す。

「父がお騒がせをいたしております。祝言を挙げるのはまことのことです。申し訳ございません、清吉さん」

直之が慇懃に頭を下げた。

お、おう、と清吉が偉そうに顎をしゃくる。

「直之さんが謝ることなんかないわよ」

お瑛が声を掛けた。

「父の事で皆さまにご迷惑をかけているようですから、息子として当然です」

直之は、父の菅谷道之進によく似た唇をきゅっと引き結んだ。

この生真面目さというか健気さが、茅町界隈で人気の的だ。むろん、道之進ゆずりの端整な顔立ちということもある。

お瑛は時々、直之に店番を頼んでいるが、どこで誰が見ているのか不思議なくらい、直之が店座敷にかしこまると、わらわら女客が寄ってくる。はなまきにやって来る男たちを笑って見ているけれど、考えてみれば、直之目当てに集まる女たちも似たようなものだ。

直之の父、道之進は、元はれきとしたさる藩の藩士だった。しかし大きな工事の入札で商人と癒着、不正を働いたと無実の罪を着せられ、藩を追い出された。すでに直之の母は病で亡くなっており、父子ふたりで江戸に出て来た。罪を晴らすことはできたが、結局、藩には戻らなかった。勘定方勤めだったこともあって、いまは近所の子どもたち相手に手習い塾を開いて、算術や文字を教えている。

清吉が首と肩を同時に、がくりと落とし、

「そりゃあよぉ、お花さんがおれみてぇなガキを相手にするわけはねえんだけどよ……」

ぶつぶつ呟いた。

「けどよぉ、はなまきが店を出すってとき、乾物屋の息子のおれが、だ。及ばずながらと色々世話ぁ焼いてやったもんさ。なのによぉ」

お瑛は、うんうんと頷いた。開店のときの引き札（広告）配りを引き受けて、押し寄せる客の整理までしていた。乾物なども安価で譲っていたのだろう。

「そんなおれにひと言もなかったってのが、悔しいやら悲しいやら。そうは思わねえかい、ええ？　直さんよぉ。恩着せがましくいうわけじゃねえがよぉ」

清吉は拗ねたようにいう。

「でも、あの、お花さんがこの茅町の皆さんにはとてもよくしていただいて嬉しかったと」

えっと、清吉が急に顔を引き締め、直之を見る。

「じゃあよ、直さん。親父さんとお花さんの祝言には、おれも呼んでくれよ」

「それはもちろん、お花さんはいの一番に御名前を挙げておりました」

いの一番、と呟いた清吉の顔がぱあっと明るくなる。

「よしっ、おれも男だ。惚れた女の幸せは祝ってやらなきゃな」

腕組みをして、幾度も頷く。

ひとりで悦に入っている清吉がおかしくて、お瑛は噴き出しそうになるのを懸命に堪える。

清吉の変貌ぶりに、直之は眼をしばたたきながらも、はいと応える。

「で、祝言はいつだい？」

「七日後です」

「待てよ。そいつは早すぎらぁ」と、清吉は、空を見上げて大げさに息を吐いた。

「ああ、人の女房になっちまったら、もう店には出てくれねえのかな」

再び、落胆したが、それでもお花さんの花嫁姿が見られるんだ、楽しみだぜ、と身を翻した。

「ちょっと、清吉さん、笊はいらないの？」

お瑛が呼び掛けると、清吉は店先に慌てて戻り、

「おっといけねえ、おっ母あにどやされるところだったぜ」

揚げ縁に三十八文を置き、笊を振りながら、家に帰って行った。

直之は店先に立つなり、「お騒がせしております」と、申し訳なさそうな顔をした。

「清吉さん、立ち直りが早いから。けど、お花さん、お店のこと決めたのかしら」

少し前、お花と話したとき、まだ決めかねていると、いっていた。

「父は急がずともよいと、話しているようですが」

でも、と直之が首を傾げる。

「こんなに話が広がったのは、どうしてでしょう。父は、長太郎さんと、そのご友人にしか伝えていないのですが」

ああ、とお瑛は嘆息した。

「……お父上は、報せるべき人を間違ってしまわれたかも」

えっ、と直之が不思議そうな顔をする。

菅谷父子は、人が好すぎるというか、疑うことを知らないというか、それが高じて

鈍いところもある。

兄さんのいま一番の仲良しは呉服屋の若旦那の寛平だ。近頃、ふたりで湯屋の二階に上がってはとぐろを巻いている。今日も、仕入れから戻った長太郎は、荷も解かずにさっさと出掛けてしまった。

「寛平と夕餉は済ませてくるからね」

深酒して眠っちゃだめよ、とお瑛は長太郎の背に声を掛けた。以前は居酒屋で気の合った人の家に転がり込んで、朝帰りすることもしばしばだった。振り向いた長太郎は、

「なんたって女房持ちの寛平がいるから大丈夫だよ。木戸が閉まる前には、ちゃあんと帰ってくるから、安心おし」

そういって白い歯を覗かせた。

ちゃあんと帰ってくるなんて、当たり前じゃないの。だから釘を刺したのに、とお瑛はくすりと笑った。

道之進さんとお花さんが夫婦になることを広めたのは、まずはおしゃべり男の寛平と女房のお里のふたり。だいたい、寛平の女房は、吉原で花魁だったお花に可愛がられていた新造だ。

お里は、祝言話を聞いたとき、涙を流して喜んでいたと、長太郎が話してくれた。たぶん、嬉しさのあまり夫婦ふたりで、あちらこちらに触れ回ったに違いない。

それと、お加津さんもひと役かっている。祝言はお加津の営む柳橋の料理茶屋『柚木』で挙げるのだ。お加津は、お客の素性については口が固い。けれど、祝い事だったら、つい口が緩むこともあるだろう。

でも、お加津さんに話したのは兄さんだから、やっぱり兄さんと寛平さんが広めたようなものだ。そのおかげで、清吉をはじめ、江戸中にいるお花贔屓の男たちが、がっかりしてしまったのだ。

「お瑛さん？」

直之が、首を傾げながらお瑛の顔を覗き込んでいた。

「ごめんごめん。お祝い事だから、みんなはしゃいでるのよ」

「もちろん、いつかは知れることですから、いいんです。ですが」

道之進が蕎麦屋に入ったとき、お花の相手の面を拝んでやりたいだの、文句のひとつもいってやらなければ収まらないだの、客が騒いでいたという。湯屋に行っても、お花の話で持ちきり。湯殿に立ち昇るのは、皆の吐くため息なのか湯気なのかもわからないと話した。

「皆さんの様子を見ていると、いたたまれなくなって、湯船にゆっくり浸かっていることもできず……」

と、直之までため息を吐いた。

「それは、お辛いわねぇ」

そう返したものの、なんだか滑稽さは否めない。まさか、お花の嫁入りがこんな騒動になるとは、兄さんも寛平さんも露ほども思っていなかったはずだ。

ふとお瑛は不安にかられた。

それほど騒ぎが広がっているならば、はなまきにお菜を買いに来ている客の中に、よくない料簡を起こす者がいないとも限らない。お祝い事に水を差すようだけれど、用心に越したことはない、とお瑛が告げようとしたとき、

「そのせいかどうか」

と、直之が眉を寄せた。

「どうしたの？」

「じつは、父が何者かに――」

お瑛は急に身体が震えて、「直之さん、お茶でもしましょう」と、店座敷に上がるよう促した。

二

店座敷にかしこまった直之の前に、盆に載せた麦湯と椎茸の煮染を置いた。

「兄さんは椎茸の香りが苦手で、鼻をつまんで食べるのよ。あたしが作ったから、お口に合うかどうかわからないけど、どうぞ」

「いただきます」

直之は、早速ひとつ口に入れ、ゆっくりと嚙み締め、「おいしいです」と眼を見開いた。

ありがとう、そう応えつつも探るように直之を見た。

「本当です。椎茸の風味と出し、甘めの味付けがぴったり合って――椎茸を嚙むと、じわっとその出し汁が口の中に広がり、得もいわれぬ美味しさです」

直之が勢い込んでいう。こんなに褒められると照れてしまうが、直之の舌には、ぴったりの味付けだったようだ。

お瑛は、ほっとして麦湯を飲んだ。

と、直之が首を伸ばし、店先を窺う。

「あのう、この頃、お客さんはどうですか」

「ぼちぼちよ」

お瑛は努めて明るい声を出した。

以前、『みとや』は盗品を売っている店だという瓦版（かわらばん）が出て、めっきり客足が遠のいた。

そのときのことは思い出したくもないけれど、お瑛の幼馴染（おさななじ）みが悪い奴（やつ）に唆（そそのか）され、そんな噂（うわさ）を流したのだ。悪戯（いたずら）にしては度が過ぎたが、その幼馴染みは、長太郎とふたりで『みとや』を営んでいるお瑛が幸せそうで憎かったと、嫉妬（しっと）を勝手に募らせたのだ。

盗品うんぬんの疑いは、すっかり晴れたものの、それでも一度味噌（みそ）がつくと、なかなか拭（ぬぐ）えないのが人情だ。しばらくは、ひとりもお客が来ない日もあった。

ようやく、ようやく、少しずつ季節が変わっていくように、常連さんが戻り始めた。

面白かったのは、皆、何事もなかったかのように振る舞って、店に来ることだ。もっとも、謝られても返答に困る。

だから、お瑛もこれまでどおり「毎度ありがとうございます」と、頭を下げるだけだ。

「日用品が多いから揚げ縁の上が沈んだ感じになっていますね。むしろ、こういうときこそ、女子(おなご)の気を引くような、櫛(くし)や紅、白粉(おしろい)、簪(かんざし)、半襟といった華やかな物があるといいと思います。お店の雰囲気も明るくなりますし」

『みとや』は間口二間。突き出した畳一枚ほどの揚げ縁と店座敷に売り物を並べている。直之は紺地の布をかけた揚げ縁の上や、自分の座る周りを見回しながら、きりりと眉を引き締めた。

お店番をしているだけあって、さすがに売れ筋の品はよくわかっている。

「兄さんにも、小間物の仕入れをお願いしているんだけど、極楽とんぼだからね。飛んでいるうちに忘れちゃうみたい」

「ですが、長太郎さんは目利(めき)きですから、並んでいる品は間違いない物ばかりですよ」

「干支(えと)の過ぎた手拭いも？　蕎麦屋の丼鉢(どんぶりばち)も？」

うーんと、直之は視線をそらせた。

「うちの心配より、お父上よ。一体どうしたの？」

お瑛がいうと、直之が盆の窪(くぼ)に手を当て、すまなそうにした。

「すみません、少々大げさにいってしまって。たいしたことではないんです。お瑛さんはどう思うかなと。父が、どこへ行くにも尾けられている気配がするというので」

「たいしたことじゃないって、十分大変じゃない」

お瑛は、うんと唸って、考え込んだ。直之がその様子を見守るように見ている。

お瑛は顔を直之に向け、口を開いた。

「それって、お花さんに熱烈に執心している男なんじゃないかしら」

「まさか」

直之が逆に驚いた顔をした。

「あり得なくないわよ。だって、蕎麦屋でも湯屋でも、お花さんの話で持ちきりなのでしょう？　中には、お花さんを自分の物だなんて思っている輩だっているかも」

お花はお菜を買った客に極上の笑顔を見せる。それが自分だけに向けられているものだと、ねちねちした陰湿な勘違い男なら思い込んでしまってもおかしくない。清吉のようにさっぱり、すっきりしている男だけじゃないのだ。

「でしょう？　そう思わない？」

お瑛が詰め寄ると、直之がもじもじし始めた。

「お瑛さん、それは考え過ぎですよ。父を尾けている者はたしかにおります。なので、一度、人気のない神社の裏手に行って確かめたところ、すっと気配が消え失せたそうです」

算盤（そろばん）ばかりの父だが、武家であるから多少武芸の心得もある、と直之はいった。

「人気がないから逃げたんじゃないの？　お父上に見つかれば、後を尾けている人は元も子もないもの。でも祝言も近いんだから、そんな危ないことしないほうがいいのじゃないかしら。お花さんだって気が揉（も）めるわよ」

「お花さんには、もちろんいっていません」

直之はきっぱりといいつつ、首を捻（ひね）る。

「ただ、父がいうには、祝言の話が広まる前かららしいのです」

と、いうことは、はなまきに来るねちねちした陰湿な勘違い男じゃないってこと？　いやいや、偶然、道之進さんとお花さんが仲良くしているところを見てしまった者だっているはず。そのうえ、ふたりが所帯を持つなんてことを知れば、カッとなって――と、直之に迫った。

ぷっと直之が噴き出す。

「やっぱり、お瑛さんの考え方は突飛すぎます。もし、お花さんのことで父を恨んでいるなら、とっくになにか仕掛けてきてもよさそうなものでしょう」

お瑛は、歳下（としした）の直之にたしなめられて、肩をすぼめた。

「だって、直之さんもお父上も、ほんとに人が好いんだもの。疑うってことを知らないっていうのかな」

「父は、善と悪は表裏一体だといっています。だからこそ、常に表を善にしていたい、ひっくり返してはいけないと」

「なんだか、お坊さんの説法みたい」

「そうでしょうか」

直之は煮染をもうひとつ口にほうり込んだ。

かつて身に覚えのない罪をなすりつけられた道之進だからこそ、人を悪く思ったり、疑ったりするのが嫌なのかもしれない。

「兄さんには、このこと伝えたの？」

「ええ、ご迷惑とは知りつつ。長太郎さんは、江戸中の男が気にするに決まってる、お花さんを娶る男が見たかっただけだと、さほど気にされてはいないようでした」

兄さんなら、いいそうだ。根が極楽とんぼなので、菅谷父子とはちょっと違った人の好さ、というよりお気楽さを持っている。

だから、あたしは心配性にならざるを得ないのだ。

「父も、恨まれているとかそういうことではなく、相手は話をする機会を窺っているのではないかと。単なる勘だといっていましたが」

そうなるとますますわからない。

「悪い人ではないというわけ？」

お瑛が小首を傾げながら訊ねると、ええ、たぶんと直之は頷き、

「ところで、お瑛さん」

急に居住まいを正した。

直之の真剣な眼差しに、お瑛もぴっと背筋を伸ばす。

「父とお花さんが、長太郎さんにはお世話になったと感謝しておりました」

お瑛は眼をしばたたく。

「かしこまって、なにをいうかと思ったら。そんなのいいのに」

たしかに、道之進の気持ちをお花に告げるために、長太郎がひと肌脱いだともいえなくはない。

この夏にお花へ道之進が贈った銀簪は長太郎が仕入れてきたものだ。

でも、その銀簪は女郎花の意匠だった。元吉原の花魁だったお花に、「女郎」の名のつく贈り物をしたなんて、お瑛は申し訳なさと、長太郎と道之進の配慮のなさに呆れた。けれど、女郎花は、その昔、思い草と呼ばれていたと、お花から教えられた。

道之進も花の異名を知っていて、お花に贈ったのだ。

知らぬは、あたしばかりなり――そのときは、自分の無学が恥ずかしかったけれど、あの銀簪がきっかけで、ふたりは互いの想いを知ったのだ。

でも……。

お花さんや道之進さんは無論のこと、あたしも、兄さんも、柚木のお加津さんも、みんな祝言で浮かれている。だけど、ひとつ大事なことを忘れている。

お瑛は、そっちのほうが気掛かりだった。

と、直之が再び瞳を真っ直ぐに向けた。

「私はお瑛さんにお礼をいいたいです」

「あたしはなにもしちゃいないわよ」

直之が、首を横に振る。

「お瑛さんと出会わなければ、私たち父子はどうなっていたかしれません。いまだに父は仕官を求め続け、暮らしもすさんだものになっていたと思います」

まことにありがとうございました、と直之が手をついて頭を下げた。

直之との出会いはひょんなことだった。店の前で棒手振りの八百屋の籠から落ちた芋を拾い上げた直之が盗人と責められたのをお瑛が助けたのだ。その後、算盤達者な直之に算盤を教えてもらったり、店番をしてもらったりするようになった。感謝したいのはこちらも同じだ。

お瑛は慌てて、声を張る。

「駄目、駄目、そんな真似(まね)をしちゃ。あたしだって、直之さんがお店番してくれるから、すごく助かっているんだもの。おあいこ」

顔を上げた直之が、微笑(ほほえ)んだ。

「おあいこ、ですか」

「そうよ、おあいこ」

直之が、ほっと息を吐く。

「でも、いつかお礼をいわなければと考えていたのです。ようやくいえました」

「あたしこそありがとう」

直之は素直に頷き、揚げ縁へ視線を移した。その眼差しがどこか寂しそうに見える。

みんなが忘れている大事なこと——お瑛は思い切って訊ねた。

「ねえ、直之さん」

直之が揚げ縁からお瑛に眼を戻す。

「直之さんは、どうするの？」

三

五ツ（午後八時頃）を回ってから、風が吹き始めた。昼間は、いい天気だったが、夕方近くなってから、灰色の雲が出てきた。お瑛はいつもより早目に店仕舞いをする。

お客が戻ってきたといっても、まだいい時の半分だ。長太郎の仕入れの品も次第に増えてきていたが、店に置いても客が買っていかなければ、あまってしまう。仕入れの銭と儲けが逆転してしまうと当然、損が出る。だから、長太郎もこのところ仕入れには慎重だ。

それでも、これまでの物を含めて、いまある品物をすべて売り切るにはゆうに三月はかかりそうだ。

もっとも、貸本屋ができそうなくらいの書物や、店名の入った丼鉢や傘が売れるかどうかは怪しいものだ。

湯漬けに、香の物で夕餉を簡単に済ませると、お瑛は仕入帖を開いた。やはり、瓦版の騒ぎで客足が途絶えてからこっち、仕入れと売り上げが、とんとんだ。

このままだと、ほんとうに『みとや』が立ち行かなくなる。

お瑛は、行灯（あんどん）から立ち上る黒い煙を見ながら、ため息をひとつ吐く。

ああ、いけない。ため息を吐くと力が抜けちゃう。兄さんとふたり、ここでしっかり踏ん張らないと、と気持ちを引き締めた。

びゅん、と風が鳴った。お瑛は身を竦（すく）ませる。

きしきしと家がきしむ。

屋根が飛んでしまわなければいいけど、とお瑛は不安げに天井を見上げた。

風に乗って拍子木の音が聞こえてきた。

やっぱり遅いと、呟いた。町木戸が閉まってしまう。

そうしたら、朝帰りだ。女房持ちの寛平がいるから大丈夫だよ、なんて調子よくいっていたけれど……寛平の家に厄介になっていれば、まだいいが。

木戸が閉まる前に帰ると長太郎はいったが、このまま待っていても、どうせお酒が入っていれば、話にならない。

それに、こんなに風のある日は、さっさと火を消して、休むに限る。お瑛は、小屋裏の寝間に上がるため、行灯の灯を手燭（てしょく）に移す。

そのとき、表の潜（くぐ）り戸が激しく叩（たた）かれた。

兄さんだったら、裏口の台所の戸を叩くはず。

こんな夜更け（よふ）に誰だろう。しかも怒鳴るような叫ぶような声だ。なにか近くであったのだろうか。

お瑛は恐る恐る、店座敷から土間を覗き込む。

「開けてよ。お瑛ちゃん。お瑛ちゃん」

寛平の声だ。

差し迫ったその声にお瑛の胸が不安で膨れ上がる。

「ちょっと待って、寛平さん」

お瑛は手燭で足下を照らしながら、急いで土間に下り、潜り戸の閂（かんぬき）を外した。

中腰になって戸を開けると、足が見えた。

お瑛は、潜り戸から身を乗り出して、手燭をかざす。

揺らぐ炎に照らされた寛平の顔が歪（ゆが）んでいた。

風が吹き、手燭の火が持っていかれる。

あっという間もなかった。お瑛の眼の前が暗くなる。

すると寛平がいきなり手を伸ばしてきて、お瑛の腕を摑んで、引き上げた。

「なに、なに？　どうしたの寛平さん」

「いいから、早くあたしと来てちょうだい」

「待ってよ。ねえ、兄さんも一緒なの？」

寛平は応えず、お瑛をさらに強く引く。お瑛は、「痛い」と、顔をしかめた。

「ごめんね。でも、もたもたしていられないの」

「だから、どうして？」

と、質すお瑛に、

「ともかく来てくれ。頼む」

寛平が低い声でいった。

寛平は、ここぞというときにしか、男言葉を使わない。これは、なにかあったのだと、お瑛は身を硬くする。

少し離れたところに、駕籠が二挺止まっていた。担ぎ棒に店の名が記された提灯が下がっている。

花川戸町にある料理屋だ。いつだったか長太郎が寛平に連れて行ってもらったといっていたことがある。

「豆腐の間に、海老のすり身を挟んだ蒸し物とかが、うまいんだよ。そのうち、お瑛も連れて行くよ」

そういっていたが、いまだにその日はやってこない。

「駕籠に乗るの？」

「そうよ」

「兄さんは、お店で待っているのね」

寛平が急に黙り込んだ。

お瑛が寛平の顔を覗き込む。寛平が、なにかから逃れたいというように首を横にひと振りした。

「駕籠に乗って、早く」

寛平の押し殺すような声に、お瑛はさらに胸騒ぎを覚える。

背を促す寛平にお瑛は抗（あらが）って、向き直った。

「待ってよ、これなんなの？　あたしに何をしようっていうの？」

「ごめんね。あたしね、あたしね。お瑛ちゃんにとりかえしのつかないことしちまった」

寛平が苦しそうに呟いた。

どういうこと？　寛平さん、なにをいっているの？

「よくわからない。兄さんね。兄さんがまたなにか仕出かしたの？」

寛平がその場に倒れそうになる。

「寛平さん！」

お瑛は眼をこれでもかというほどに見開いて、寛平の身を支えた。重たい。

「な、なにが、どうしたのよ」

「長太郎兄さんが、ね――」

寛平が、わっと泣き出して顔を覆った。泣き声を上げながら、なにか叫ぶようにいった。よく聞き取れなかったけれど、一瞬でお瑛の心の臓を凍りつかせた。

「なに？　なにをいってるの？」

「だから、長太郎兄さんが」

今度は、寛平がはっきりと、口にした。お瑛は顔を強張らせながら、笑った。本当に笑ったのかどうか、自分でもよくわからない。ただ、口許が引き攣ったような感じはした。

「もう、やめてよ。そんなタチの悪い冗談、信じるわけないでしょ」

お瑛は寛平の背をぱんと叩いた。

寛平は応えず、ただ泣いている。

「ふたりであたしを騙そうっていうんでしょう？　お瑛なら、すぐに引っ掛かるって。首だけ出して身体は土の中に埋まってる兄さんを見せて、驚かそうって魂胆でしょ」

ねえ、寛平さん、そうなんでしょう、なんとかいってよ、とお瑛は寛平の襟元を摑んで強く揺すった。

「いい歳して、馬鹿な真似はやめてよ」

お瑛が叫ぶと、寛平がきっと唇を引き結んだ。暗い中でも、涙と洟水で顔がぐしゃぐしゃなのが見えた。

「騙してなんかいないわよ。なんの魂胆もないの。ともかく駕籠に乗って」

本当に――？

お瑛の身体が小刻みに震え始める。頭の中が真っ白になった。なんの言葉も思いつかない。なんの言葉も思い浮かばない。

ただただ、嘘という文字だけが頭の中いっぱいに広がった。

お瑛が乗り込むと、すぐさま駕籠が動き出す。前の駕籠から、「急いでくれ」と、寛平の怒鳴り声が聞こえてくる。

お瑛は駕籠に揺られながら、混乱していた。駕籠は、暗い道をひたすら進む。

と、急に掛け声がやみ、駕籠が戸惑うように止まった。

お瑛は駕籠から、首を伸ばした。

寛平が駕籠から降り立ち、誰かと話をしている。やはり、同じ料理屋の提灯を持っている男だった。
わーっと叫んで、寛平がその場にうずくまる。
お瑛は、駕籠から飛んで出た。
寛平が顔を上げ、お瑛にすがりついた。
「お瑛ちゃん、ごめんね、ごめんね。間に合わなかった。あたしがいけなかったのよ。
許してちょうだい」
そんな、こと――。
ずるずるとくずおれ、お瑛の足下に寛平は手をついた。身を震わせ、喉から絞り出
すような声を出した。
暗く沈んだ通りを風が通り過ぎる。
お瑛は茫然と夜空を見上げた。

長太郎が戻ってきた。

戸板に寝かされ、その身体には寛平の羽織がかけられていた。

「ありがとうございました」

運んできた者たちに礼をいうと、お瑛は居間に上がる。

寛平が長太郎を夜具に横たえさせていた。

長太郎の姿を目の当たりにしても、お瑛にはまだ信じられなかった。

「ちゃあんと帰ってくるから、安心おし」

出掛けるとき、長太郎は振り向いて、そういった。

「こんな帰り方されても、あたし、困る」

お瑛は、生気が消えた長太郎の顔をみながら、その枕辺にぺたりと座り込んだ。

寛平はずっと嗚咽を洩らしている。

「兄さん、どうして？」

お瑛が問い掛けても、長太郎はもうなにも応えない。

指先を伸ばし、お瑛は長太郎の頬に触れた。まだ温もりが残っている。

「眠っているの？　そうだよね、ねえ、兄さん？」

どうにかなりそうだった。

「ねえ、寛平さん、そうでしょ？　兄さん、お酒が過ぎて、いつもみたいに眠ってしまっただけでしょ。少ししたら、ああよく寝たっていって、眼を覚ますわよね」

寛平は目許を拭いながら、首を横に振る。

「嘘よ。こんなことあるはずないわよ。ねえ、嘘だっていってよ、寛平さん」

お瑛は寛平の腕を掴んだ。

「あたしだって、信じたくない。嘘だっていってあげたいわよ。でも、これは本当なんだもの。長太郎兄さんは、長太郎兄さんは」

「やめてよ、いわないで」

寛平に背を向け、お瑛は耳を塞いだ。

なんだろう。

あたしは悪い夢を見ているんだろうか。

気がついたら朝になっていて、兄さんはあっけらかんと、

「誰が家まで運んでくれたんだろうなぁ。寛平ひとりじゃ無理だもんなぁ」

あたしに笑いかけてくるのだ。

そうに決まってる。そして、兄さんは、あたしの炊いたおまんまを食べて、苦手な目刺しの頭は、あたしのお皿にさっと置いて、仕入れに出掛けて行く。

でも、行って来ます、とは決していわない。

なぜって、行って来ますは、行って戻りますという約束だから。

永代橋の崩落に巻き込まれて、あたしたちのお父っつぁんとおっ母さんは逝ってしまった。出掛けたっきり、二度と帰って来なかった。

だから、兄さんは行って来ますとはいわない。行って来ますは行って戻りますの約束だからだ。約束はしないけれど、あたしが待っているのをちゃんと知っている。戻る処(ところ)は、ここだと承知している。

でも、こんな帰り方ってないじゃない。

ねえ、兄さん。なんとかいってよ。

「なんとか、いってよ！」

お瑛は、長太郎の胸許(むなもと)にしがみついた。

自分の頬を長太郎の頬に押し当て、その耳許で、声を張った。

「聞こえるでしょう。あたしの声。聞こえているんでしょう？　ねえ、兄さん、あたしの声、聞こえているわよね」

肩を強く摑(つか)んで、揺り動かした。

「お瑛ちゃん、もうおやめよ」

寛平がお瑛の背を優しく撫(な)でる。

お瑛は、童(わらべ)のようにかぶりを振る。

「きっと、たぬき寝入りよ。寛平さんもあたしも、兄さんに担がれているのよ。ほら、兄さん、悪戯好きだから。ね、寛平さんも引っ掛かったことあるでしょ？」

お瑛は自分に言い聞かせるようにいった。

「裏店で預かった赤ちゃんを負ぶいながら、じつは自分の子らしいっていってみたり、湯屋の女湯と男湯が今日は入れ替わるんだとかいったり――」

「ええ、そうよ。あたしは本気にして女湯に入ってったものだから、ぬか袋をいくつぶつけられたか――違うわよ、お瑛ちゃん。長太郎兄さんは――」

「だから、嘘。これは兄さんの悪戯だってば。なんで寛平さん、わからないの！」

お瑛は長太郎の胸に身を伏せたまま叫んだ。

「お瑛ちゃん、信じたくないのはわかるけれど、これは本当のことなの」

声を震わせながら、寛平は呟いた。

「ごめんね、あたしがちゃんと見ていなかったばっかりに」

寛平が、洟をすすり上げた。

「あたしがうちの出入りの魚屋から、ふぐなんて買い上げなければ、こんなことにならなかったのよ」

お瑛は身を起こし、長太郎を見つめた。

もともと色白の長太郎の顔は、蠟のように透き通っていた。通った鼻筋、形のよい唇、端整な顔立ちがさらに際立ったように見える。

「買ったふぐを湯屋の仲間で食べようって花川戸の料理屋へ持って行って、さばいてもらおうってことになって」

寛平の声が遠くに聞こえた。

悲しいとか、悔しいとかも通り越しているような気がした。ただ、身が裂かれるような苦しさだけがあった。

「板前がさばいてる最中に、長太郎兄さんがつまみ食いしたの。はじめのうちは、ちょっと口が痺れるなんて冗談っぽくいってたから、誰も信じなかったのよ。でも、そのうちおかしくなってきて。あたしもどうして止めなかったのか。だからあたしのせいなのよ」

寛平が声を上げて、泣き出す。

ずっとずっと、寛平は泣いている。

自分のせいだと、責め続けている。

でも、つまみ食いしたのは兄さんで、運悪くふぐの毒に当たったのも、兄さんだ。

不意に、お瑛の全身から、なにかが急に抜け落ちた。

頭が空っぽになって、眼の前に霞がかかったようになった。

そうか、涙だ。けれど、不思議とこぼれ落ちなかった。

だって、このままこうしちゃいられないもの。でも、あたし、なにをしたらいいのだろう。そうだ、まずお加津さんに報せなきゃ。それから、どうする？

あたしが、動かなきゃいけない。

それだけは、わかる。

四

いきなり台所口の戸が乱暴に引かれた。

「邪魔するぜ。長太郎って奴の塒(ねぐら)はここかえ？」

中年の男と、その後から初老の男が勝手に上がり込んできた。中年男は、十手で自分の肩を叩きながら、

「仏を勝手に動かされちゃ困るんだよ」

吊(つ)り上がった眼を向け、そういった。

「恐れ入ります。もうお調べは済んだものと思いまして」

寛平が、泣き顔のまま身を縮ませて頭を下げた。

「おう、娘。おれぁ花川戸の治平(じへい)って者だ。そいつは、あんたのなんだい？」

長太郎を十手の先で指した。

「あたしの兄さんです」

お瑛は、ずかずかと居間に入ってきた男たちを睨みつけた。十手を持った中年男は岡っ引きだ。もうひとりは、番屋の町役人だろう。

「そんな眼をするものじゃねえよ。ったく、この時季になると、てっを食らって死ぬ奴が多くて嫌になるぜ。面倒でよ」

てっは鉄砲、ふぐのことだ。鉄砲の弾に当たれば、たちまち死ぬというところからきているらしい。

お瑛は治平と名乗った岡っ引きへ、

「面倒ならば、お帰りください。兄はふぐに当たって死にました。それでいいじゃありませんか」

強い口調でいい放った。

「そうはいかねえよ。おれのシマで人死にが出たんだ。この界隈を取り仕切ってる親分さんにも、話を通さねえとならねえ。町役人への届けもあるんでな。なあ」

ねっとりした物言いで、後に控えていた男を振り返る。初老の男が頷いた。

治平は、長太郎の亡骸を見下ろし、ため息を吐いて、腰を下ろした。十手の先で長

太郎の頬を軽く叩き、

「それにしても、間抜けな兄さんだな。てめえが釣ってきたふぐを料理屋の板前に任せねえで、包丁握ったそうじゃねえか。そのうえ、皆に振る舞うのが惜しいってんで、てめえであらかた食って、当たったってなぁ」

治平は笑い、じろじろとお瑛を品定めするような視線を向けた。

話が違っている。ふぐは寛平さんが買ったもの。兄さんは、あらかた食ってなどいない。つまみ食いだ。

お瑛は寛平へ眼を向けた。寛平は俯いて、黙ったままだ。

お瑛は、はっとした。お上は、ふぐを食べることを禁じている。とくに、お武家に対しては厳しいと耳にしたことがある。

「ま、自分が釣って、自分で食って死んだとなりゃ、しかたがねえ」

岡っ引きは、つまらなそうにいった。

そういうことだ。兄さんひとりのせいにすれば、寛平にふぐを売った魚屋も、買った寛平も、さばいた板前も、湯屋の仲間たちも、皆、御番所の詮議を受けなくて済む。

寛平が、ぶるぶると握った拳を震わせ、口を開いた。

「お、親分さん――じつは」

お瑛は、寛平を止め、膝を進めた。

「それだけ、わかっているのでしたら、もう十分でしょう？　出て行ってください」

「ああ？　なんつったんだい、いま」

治平がすごんでくる。

「木戸も閉まろうって時刻にこうして出張って来てるんだぜ。ほんとなら、ご苦労さまって茶のひとつも出すもんだ」

お瑛は、治平の陰険な顔を真っ直ぐ見つめた。

「もう帰ってください。これから、いろいろ忙しいんです」

「お瑛ちゃん」

寛平が、おどおどしながらお瑛の袂を引く。お瑛は、眉尻を情けなく垂らす寛平に、強く頷きかけた。

治平が、舌打ちした。

「身内が馬鹿な真似して死んだから、少しは情けをかけてやろうと優しくしていたが、ふぐを食っちゃいけねえのは、わかっているんだろうな」

「ええ、もちろん、知っています」

「なら、話は早え。そこの旦那も、こんなことに巻き込まれるのは本意じゃねえだろう。聞きゃあ、結構な呉服屋の若旦那だそうだなぁ」

治平は、とんと十手で畳を突いた。

ひっ、と寛平が、お瑛の背に身を隠すようにした。

「ここまでいえば気づくだろう」

「それは、もちろん、ですが――」

寛平が小さな声で応えた。

下卑た笑みを治平が浮かべる。初老の町役人は聞かないふりをして、そっぽを向いていた。治平という岡っ引きは、目こぼし料を要求しているのだ。寛平が悔しげに唇を噛む。

「北町の八坂さまを呼んでください」

お瑛は背筋を伸ばし、毅然といった。

治平が、一瞬、吊り上がった眼を見開き、顔を強張らせた。

「おい、八坂ってのは、八坂与一郎さまのことじゃねえだろうな」

「ええ、その定町廻りの八坂さまです」

名が与一郎というのは知らなかった。でも、岡っ引きを笠に着て銭を無心するようないけ好かない治平が表情を硬くしたくらいだから、きっとそうなのだろう。

「八坂さまとお話ししとうございます」

「馬鹿いうな、旦那方はお忙しいんだ。こんなことで手を煩わせるものじゃねえ」

「こんなことってなんですか？　あたしはたったひとりの兄を亡くして、その兄が皆さんにご迷惑をおかけしたのですから、御番所にお伝えするのは当然だと思います」

治平が、「うるせえ」と、怒声を上げた。

「お帰りください」

お瑛は治平を睨めつける。

憤然と立ち上がる治平を町役人が見上げた。

「ったく、気が回らねえ奴らに付き合うのは骨が折れるぜ。ふん、あとから泣きついてきても、おれぁ知らねえぜ」

治平は大きく足を踏みならしながら、土間に下りた。と、いきなり振り向き、

「そういや、ここは『みとや』だろ。ちょっと前に盗品騒ぎがあったよな」

半眼にお瑛を見据えた。

なるほど、たしか八坂の旦那がそいつを解決したんだったな、と治平は鼻を鳴らした。

治平のいうとおりだ。八坂が、盗品を売っているという疑惑を晴らしてくれた。い

までも、ごくごくたまにだが、店の様子を見に来てくれている。

「とんだ無駄足だったぜ」

「お役目、ご苦労さまでした。お茶の一杯も出さず、失礼いたしました」

お瑛はわざとらしく大声を上げ、頭を下げた。

「生意気な娘だ」

治平が吐き捨てるようにいって出て行った。町役人が申し訳なさそうな顔をして、提灯へ火を移していくと、あわてて、その後を追った。

お瑛は、ほうと息を吐いた。

「兄さん、ごめんね。騒がしくして」

いざとなると、お瑛はやっぱり怖いって呆れているかもしれない。

「お瑛ちゃん。申し訳ない。長太郎兄さんのこと」

寛平がお瑛に向き直り、突っ伏した。

お瑛は、静かに首を振って、

「兄さんでしょ？　お上から誰もお叱りを受けないようにしろって、いったんじゃないの？」

物言わぬ長太郎を見つめた。

寛平が畳に額をこすりつけたまま、

「そうなの。もう身体中の力が抜けちゃって、口もろくに利けないのに、途切れ途切れに、すべて自分のせいにしろって。だから、その言葉に甘えちまったの。けどね、あの岡っ引きが長太郎兄さんを間抜けだっていったのが悔しくて」

と苦しい声を出した。

「でも、兄さんらしい」

お瑛は、唇を嚙み締める。

馬鹿みたい。ふぐのつまみ食いで逝っちゃうなんて。

誰がそんなこと思っていただろう。

苦しくなかった？　辛くなかった？

ねえ、兄さん。あたし、ひとりになっちゃった——。

ねえ、兄さん。応えてよ。お瑛って呼んでよ——。

夜が明けると同時に、寛平が柚木へ出掛けた。お瑛は、長太郎の傍らで少しだけ眠った。

昨夜のことは夢であってほしかった。でも、目覚めたとき、すぐに落胆が襲ってきた。昨夜よりずっと強く、長太郎の死をまことのことだと突きつけられた。

長太郎の身体は冷たかった。水瓶に張った氷より、積もった雪より、冷たく感じた。

お瑛は、『みとや』の屋号入りの半纏を顔から被せた。

そうだ、ご飯を炊かなくちゃ。それから、お線香もあげないと。お瑛は、ふらふらと立ち上がった。

あたし、兄さんになにもしてあげてなかった。あまりに驚いてしまって自分のことしか考えられなかった。許してね。

土間に下りて、米びつを開けようとしゃがんだとき、急に力が抜けてお瑛はそのまま尻餅をついた。

その瞬間、涙が溢れた。涙が頬をつたってとめどなく落ちた。

長太郎の弔いは、お加津と寛平が取り仕切ってくれた。お瑛はただ、弔問に訪れる者たちに頭を下げただけだ。

仰天するほど大勢の人が集まった。はなまきにやって来る男客より、多かった。

顔も名も知らない人たちが、口々に長太郎に世話になった、いい人だったと、悲しげな顔をして、お瑛にいった。

柚木に出入りの芸者衆は皆、泣いていた。中でも、大年増の芸者がひときわ激しく泣きじゃくって、皆に支えられていた。

たぶん、あれが新吉さんだ。長太郎がよく愚痴を聞いてあげていた女だ。

「長太郎さん、みんなに好かれていたから」

お加津がまぶたを腫らしていた。

「それにしても、ふぐに当たって逝っちまうなんて。怒るに怒れやしない」

「兄さん、あたしの花嫁姿を見たいって急にいい出したりしてて」

「しょうがないねえ。それも出来なくなっちまってさ。兄妹ふたりで頑張ってきたのに」

ほんとに風来坊の極楽とんぼだ、お瑛ちゃんを遺して勝手に飛んでいった、とお加津は、袖口で目尻を拭った。

長太郎は、父母が眠る菩提寺に葬られた。ただ、橋の崩落で両親の亡骸はあがらなかった。だから、墓石だけしかない。長太郎の棺はそこに納められた。

お加津は、しばらく柚木にいればいいといってくれた。でも、断った。

自分でも不思議なくらい気が張っていた。ちゃんとしないと、とそればかり考えていた。

元火付盗賊改方の御頭(長官)で、ご隠居と呼ばれている森山孝盛さまも、柚木の雇われ船頭の辰吉も、乾物屋のどら息子の清吉も、お瑛に舟の漕ぎ方を教えてくれた源助さんも、寛平夫婦も。むろん、道之進さんもお花さんも、直之さんも。数えきれないほどの人たちが、お瑛の悲しみを我が事のように感じてくれた。そして、皆一様にいった。

「なんで、ふぐになんぞ当たったのか」

その言葉には、悔しさが滲んでいたが、一方で長太郎さんならなくもないという、変な諦めも含まれているような気がした。

それでも、多くの人に見送られ、あたしたち兄妹は、ここにしっかり根を張れていたのだと、お瑛は切ないくらい青く晴れ渡った秋の空を見上げた。

五

大戸を下ろしたままの居間は、昼でも薄暗い。

家を見回し、こんなに広かったかしらと、お瑛はぼんやり思った。

長太郎がいつも寝転んでいた畳をそっと指でなぞる。

温もりなんか残ってやしないこともわかっていた。そこに兄さんが二度と戻って来ることはないことも知っていた。

仕入れから戻ると兄さんは、いつも居間でごろんと横になった。

「疲れたなぁ。いいね、お瑛は店番だけだから、楽でうらやましいよ」

「店番だって、気苦労はあるんです。なあに、今日の品物。お茶の棗がたくさん」

長太郎は、すばやく起き上がって、「いい品だろう？　太閤さまの棗だよ」といった。

お瑛はすぐさま、眉に唾をつける。太閤といえば豊臣秀吉。お茶好きだったというのは知っているけれど、そんなお偉い方の品物が、町場に流れるはずがない。

「おやおや、信じていないのかい？　秀吉と書いて、ひできち。棗作りの名人さ」

「もう！　そんな触れ込みで騙して売ったらお縄になるからね」

結局、「秀吉作とはまた、面白い」と、ご隠居さまがひとつ買ってくれたけれど、

「いちいち顔をしかめていたら、客も来やしない。売る方も買う方も楽しくやらなけりゃ」

そういって笑った。

その長太郎はいない。兄妹ふたり、笑いながら、喧嘩しながら、三十八文屋を営ん

できたのに。なぜだろう、お瑛は得心出来ない。長太郎の居場所は、そこにまだあるのに――。

でも、お天道さまは、そんなことは知らない。人が喜んだり、悲しんだりしていても、いつもと変わらず、あまねくすべてを照らしている。

くよくよしても、兄さんは帰らない。たぶん、こんなあたしを兄さんはどこかで見ていて、「お瑛、悪かったねぇ。お前をひとりにするつもりはなかったんだけど」と、きまり悪げに呟いているだろう。そりゃそうよ、当たり前じゃない――。

お瑛は、腹に力を込めて立ち上がり、草履を突っかけ、表に出た。

陽射しの眩しさに、眼を細めながら、大戸を押し上げ、揚げ縁を下ろした。

店座敷と繋がる居間が、光に満ちる。

紺色の布地を揚げ縁に広げ、品物を並べた。

いつもと変わらない手順。違っているのは、兄さんがいないことだけだ。

「お瑛さん」

直之が、桶を抱えて走ってきた。

「おはよう。色々、お世話になりました。あら、お豆腐買いに出てきたの？」

「なにをしているんですか。お弔いが終わったばかりだというのに」

お瑛は、直之に笑いかけた。

「だって、ここは兄さんとあたしの店だもの。兄さんがいなくなっても、続けていかなきゃ。じゃないと、兄さんに怒られちゃう」

「だとしても。初七日も済んでいないのに。お瑛さんだって、まだ休んでいたほうが」

「直之さん、ありがたいけれど、お足がなくちゃ食べていかれないでしょう？　食べるには働かなくちゃ」

お父っつぁんとおっ母さんをなくして、営んでいた店も家もなくして、兄妹ふたり世間に放り出されたとき、一番最初に身にしみたのはそのことなのだと、直之へ告げた。

直之は、ひとつ大きく息を吐く。

「ならば、私もお手伝いします。お瑛さんひとりでは困るでしょう」

「そうね。洗濯や買い物もあるから。これからもっとお店番を頼むことになるかもしれないわね」

「今日からでもいいですよ。朝餉（あさげ）が済んだら、すぐに参ります。あ」

豆腐屋がやって来たのをみとめた直之が、身を返した。

「なんでもかでも三十八文。あぶりこかな網三十八文。枕、かんざし三十八文。はしからはしまで三十八文」

お瑛は、売り声を上げながら、籠にまとめ入れた端切れ、足袋、鍋や丼、売れ筋の手拭いや傘などを次々並べる。

「お瑛ちゃん、もう店開けてんのかい？」

すっ飛んできたのは、清吉だ。裏店の左官の女房、はなまきの常連客までが、声を掛けてきた。

皆が口を揃えて、もう少し休めという。初七日までは、と。同じことばかりいわれる。

どうしてだろう。

『みとや』の看板をもっと大きくすることが兄さんの望みだったのだ。

だから、一日でも早くお店を開けなければ、そう考えたのに。

「あたしが心配なら、ひとつでも多く買ってくださいな」

わいわい騒ぐ皆が静かになり、品物を選び始めた。

直之が帰って、夕刻近くに、内股で走って来る寛平の姿が見えた。

「お瑛ちゃん！」

店先に立った寛平が、眼をまん丸くした。

「うちのお里がさ、お菜を作ったから持って来たんだけど」

小僧に持たせた重箱を揚げ縁の上に置く。

「ありがとうございます」

「ねえ、お店、早過ぎやしない？　長太郎兄さんが亡くなって、まだ四日よ」

「でも、やらないと」

ああ、もう、と寛平は苛立（いらだ）つようにいった。

「そりゃあ、気が紛れるかもしれないけれど、お瑛ちゃんのことが心配なのよ」

もう大丈夫ですから、とお瑛は頭を下げた。

寛平は、瞳（ひとみ）をうるませる。

「あたしはね、あのときからこっち、涙が止まらないの。あたしにだって責はある。長太郎兄さんが亡くなったのは、あたしのせいだって」

「それは違います。兄さんが最初につまみ食いをしたから」

「だからよ。だから、あたしも、他の人も助かったのよ。そうでなければ、いまごろは皆で仲良く西方浄土に旅立ってたの。あたしはね、それが悔しくて悲しくて」

寛平の気持ちはわからなくはない。兄さんでなく、誰かが当たってしまうことだってあっただろう。寛平のいうとおり、皆が一緒に食べれば、もっと大事になったのだ。

昨日、八坂与一郎が花川戸の料理屋に赴き、調べたことを報せに来てくれた。

料理屋では、ふぐをすぐに始末してしまったが、ふぐの中でももっとも毒が強いものだった可能性があるという。皮や内臓だけでなく、身にも毒が含まれているらしい。

つまり、どこも食べられないふぐだ。しかも悪いことに、身に毒を持たないふぐと見た目がよく似ているというのだ。

「並べて見りゃ、違いに気づくだろうが、一匹だけじゃ難しい。魚屋も板前も、区別がつかなかったんだろうな。落ち度は否めねえが」

しかし、表向きは長太郎が釣り、さばき、あらかた食って、死んだということになっている。

八坂は、それを受け入れた。

「あんたの兄さんがそうしたかったんだ。そうしてやらなきゃな」

線香を上げると、粗末な位牌に八坂は手を合わせて去って行った。

寛平は、とうとう店座敷に上がり込んできた。

「お瑛ちゃん、お弔いでも、涙ひとつこぼさなかったでしょ。あんた、ずっと気を張り詰めてたんだから。いまだってすごく無理してるんじゃない？」

そんなお瑛ちゃんを見ているあたしも辛いのよ、と泣き出した。

「寛平さんこそ、もう自分を責めないで。あたしだって、そんな寛平さんを見ていると苦しくなってくる」

だってさ、だってさ、お瑛ちゃん、健気（けなげ）すぎるのよ、と寛平は懐紙を取り出し、洟をかむ。

「あたしはお瑛ちゃんの処にしばらくいるからって、お里に伝えてちょうだい」

寛平が小僧に命じた。

ここで、ずっと泣かれていられても困るのだけど、とお瑛は嘆息した。

寛平はそれから二日泊まり込んで、長太郎の話をしては、涙ぐんだ。いい加減、涸（か）れてしまわないのかしらと、お瑛は感心していた。

夜、小屋裏でひとりになると、息苦しさを覚えた。胸底から黒い塊が湧（わ）き上がって、喉を塞いでいるような気がした。

それでいて、木のうろのような空虚さが、お瑛を取り巻いている。

うつらうつらとするけれど、すぐに目が覚める。兄さんはいない。心にそう言い聞かせても、納得できるはずもない。

寛平さんの寝言が下から聞こえると、ぴくりとする。

あたしがひとりになるって、兄さんは思わなかったんだろうか。

寛平さんや他人の心配ばかりして、あたしのことは考えなかったんだろうか。

でも、もう詮無いことだ。

翌朝、寛平が着替えを取りに一旦家へ戻った。

朝から昼までは、直之が店番をしてくれている。その間に、お瑛は、小屋裏で長太郎の行李を片付けていた。直之が着てくれるなら、譲るつもりでいた。でも、細縞や格子柄ではお武家には似合わないかしらと思いつつ、幾枚かを手にする。

明日は、いよいよ道之進とお花の祝言だ。お花の花嫁姿が見たかったが、遠慮するつもりだった。

そのことをお加津に伝えなければと思い梯子段を下りながら直之に声を掛ける。

直之がお瑛を振り返ると同時に、店先にお加津が息急き切ってやってきた。

「お瑛ちゃん、大変。明日の祝言は取りやめにすると、道之進さんとお花さんがいまあたしン処に来たのだけど。あら、直之さん。あなたも知ってるの？」

慌てるお加津に直之が頭を下げた。

「父より、聞いております」

「どういうこと、直之さん」

お瑛は、飛び降りるように梯子段を下りると、直之の横に、かしこまった。

「長太郎さんがお亡くなりになったのに、祝言など挙げられないと」

直之が申し訳なさそうに俯いた。

「そんなのかかわりないじゃない。祝言は祝言。あたしは喪中で参列できないけれど、兄さんのことなんて考えなくていいの」

「お瑛ちゃんのいうとおりよ。あたしも、おふたりにそういったんだけど、菅谷さんがどうしても日延べをしたいというの。長太郎さんの一周忌を過ぎてからにしたいんだってさ」

一年後なら喪は明けるが、道之進とお花がそこまで義理立てすることはない。そんなことをふたりに背負ってほしくない。

「そんなの駄目よ。祝言に水を差したのは兄さんなんだから」

兄さんだって、楽しみにしていた。

いつだったか、夕餉の膳を食べながら、

「お花さん、きれいだろうなぁ。道之進さんも凛々しいだろうし、美男と美女の夫婦だ」

「ほんとにそうねえ」

お瑛が答えると、長太郎は苦手な目刺しの頭をさっとお瑛の皿に置く。

お瑛は見ない振りをして、頭を箸でつまんで口に入れた。

「よくまあ、じゃりじゃり音を立てながら食べられるものだね。ああ、嫁さんに眼の前でこんなことされたら、一気に熱が冷めそうだ。お瑛、気をつけるんだよ」

大きなお世話だ、と思ったとき、長太郎がしんみりといった。

「でも、お瑛の花嫁姿だってお花さんに劣らずきれいだろうなぁ。でもまず、亭主になる男は、私がしっかり吟味するからそのつもりでいておくれよ」

ああ、うるさい、と無視してご飯をかき込んだ。が、兄さんはその後に付け加えた。

「私は、お瑛が亭主を持つまでは、好いた女子が出来ても祝言は挙げないよ」

どうして？　とお瑛が訊ねるより先に長太郎が口を開いた。

「私が先に所帯を持ったら、お瑛もここに居づらくなるだろう？」

お瑛が先に幸せにならなくちゃ。私は兄として、それをきっちり見届ける責任があるからね。私たちは、ふたりきりの兄妹だからね、といった。

兄さんは、どうだったんだろう。好いた女子はいたのだろうか。でも、結局、あたしをひとりにした。寛平さんや皆の心配ばかりして、あたしをひとりにするなんて、やっぱり寂しい。

「お瑛さん」

直之の声に、お瑛ははっとした。

「私は、お瑛さんに参列していただきたいです。やはり私たち父子(おやこ)を救ってくれたのは、お瑛さんです。そのお瑛さんが参列できないなら、喪が明けるまで父には待ってもらいます」

「そんなの駄目だったら」

お瑛がいっても、直之は頑として首を縦には振らなかった。

六

結局、道之進もお花も祝言は延ばすといってお加津の言葉すら聞こうとしなかった。兄さんが、死んじゃったからこんなことになったのよ。少し恨んでみた。

午後の陽が柔らかく揚げ縁の上を照らす。

お瑛――。

お瑛は思わず振り返った。長太郎の声が聞こえたような気がしたのだ。

そんなわけないのに、とお瑛が笑って、首を戻そうとしたとき、居間の隅に置いてある風呂敷包みに気がついた。

そういえば、あの日。

長太郎は仕入れから戻って、すぐに出掛けてしまった。その夜、物言わぬ姿になって帰ってきたせいで、ずっと開かれることなく置かれたままだった。

でも、弔いのときにはなかったはず。

きっと誰かが小屋裏に運んで、弔いが済んだ後、ここに置き直したに違いない。

お瑛は、ゆっくりと立ち上がり、風呂敷包みの前にかしこまった。

兄さんが、最後に仕入れてきた品物。

お瑛は結び目を解いた。

ああ、と息が洩れた。

使い古しの桐箱の中に、櫛や簪、白粉や紅といった小間物が、ぎゅうぎゅう詰めに入っていた。

あたしが、口をすっぱくしていっていたのちゃんと覚えていたんだ。

小出しにして並べれば、しばらくの間、仕入れに出なくても大丈夫だ。

なんだか胸が詰まる。

兄さんは、自分の身に起きることを薄々感じていたんじゃないかと勘ぐりたくなる。

でも、まさか、ふぐに当たるなんて、考えもしなかったに違いない。

色とりどりの半襟もある。これはおそらく、寛平の店から譲ってもらったものだろう。

幾枚かの半襟を手にしたとき、その間にはいっていたのか、紙袋が膝の上にぽろりと落ちた。

紙袋には、『紅、白粉、御成道錦成堂（おなりみちきんせいどう）』とある。お瑛は、それを拾い上げ、呟いた。

錦成堂……か。どこかで聞いたことがある。

紙袋の口を開くと、中に板紅が入っていた。

黒漆（くろうるし）に、桜の花が大きく描かれていた。花の中心には、小さなガラス玉が埋め込まれている。

思わず、きれいと言葉が口を衝（つ）いた。

板紅は、持ち歩き用の紅だ。蓋（ふた）を開けると、中には紅筆も収められていた。

なぜ、これだけが別になっていたのかしら、と首を傾（かし）げた。

きっと、仕入れ先が異なったからだろう、とその板紅も、桐箱の中へ入れる。

お瑛は、板紅の入っていた紙袋を手にして、小さく声を上げた。裏に文字が記されている。

佐賀町油屋坂上善兵衛(さがちょうあぶらやさかのうえぜんべえ)。長太郎の筆だった。

「相変わらず下手っぴい」

お瑛は、少しだけ笑った。

でも、油屋ってなんだろう。仕入れ先ではないことはたしかだ。『みとや』では、食べ物は扱わない。長太郎からは、聞かされたことのない店だ。

寛平の家は呉服屋だし、油屋とのつき合いはないだろう。それでも、訊(き)いてみようと思った。

これから、いつもこうしてひとりで考えなければならない。

「兄さんの馬鹿(ばか)」

お瑛は、小声でいった。

仕入帖(ちょう)に、すべての品物を書き入れ、幾つかを揚げ縁に並べた。

黒漆の板紅は、きっとすぐ売れる。

揚げ縁でも、一番目立つ真ん中に置いた。

「お瑛ちゃん、ただいま。お里からの差し入れよ」

寛平が風呂敷に包んだ重箱をぶらぶらさせた。

「お里さんに、いつもすみませんと伝えてね」

「いいのよ。お里もお瑛ちゃんが早く元気になるように願ってるっていって——」

と、揚げ縁に眼を落とした寛平が絶句した。

「なにかありましたか？」

お瑛が訊ねると、

「なんで、これが売り物になっているの？」

血相を変えた寛平が黒漆の板紅を手に取って、お瑛に向けて突き出した。

「これはね、長太郎兄さんが、お瑛ちゃんのために誂えたものなのよ」

今度はお瑛が、言葉を失う。

板紅を受け取ったお瑛の戸惑いの表情を見た寛平が、はっとした顔をする。

「そうだったわね。あの日だったたから。長太郎兄さん、お瑛ちゃんに渡さないままだったのね」

寛平が突然、泣き崩れた。

「寛平さん、泣きたいのはあたしなのよ。いい加減、泣いてばかりいないで、ちゃんと話をして」

お瑛は、店座敷から身を乗り出した。

寛平は涙をこらえて、ぽつりぽつり話し出した。

長太郎は仕入れに回っているとき、錦成堂が、母親が生前贔屓(ひいき)にしていた店であったことを思い出し、お瑛のために板紅を誂えようと考えたのだという。

錦成堂に、なんとなく聞き覚えがあったのはそういうことかと、お瑛は得心した。おっ母さんが贔屓にしていた店。

長太郎の気遣いが、痛いほど感じられた。

「桜の花の中心にガラス玉が入っているでしょう？　じつはそれ、水精(すいしょう)（水晶）なの。むちゃくちゃ特別、あたしが知り合いから譲ってもらったものなの」

「そんな高価なもの」

寛平は首を振った。

「高い安いじゃないのよ。水精でなきゃいけないの。わからない？　お瑛ちゃん」

寛平がお瑛をじっと見る。

もしかしたら……あたしの名前。

「そうよ。お瑛ちゃんの、瑛の字は、玉の光、水精の意味があるでしょ。これから、もっと輝いてほしいって気持ちが込められているの。この紅を塗って、菅谷さんとお花さんの祝言に出てほしいっていってたわよ。お瑛ももう大人だからってね、ちょっと寂しそうだった」

あたしはやっぱりまだまだ幼い。兄さんは他人の心配ばかりで、あたしのことなんか考えてくれてなかったなんて拗ねたりして。

そうよね。ふぐの毒で死ぬなんて思ってなかったはずだもの。道之進さんとお花さんの祝言を誰より楽しみにしていたのだから。

「あたし、祝言に出たい」

「出なさいよ。そのほうが長太郎兄さんも喜ぶわよ。その紅を塗って、晴れ着を着て。支度は、うちのお里に任せてね」

「ありがとう、寛平さん」

お瑛は、黒漆の板紅を手に取り、水精を見つめた。こんなに美しく輝くことはできないかもしれないけれど、あたしは、ここでしっかり生きていかなくちゃ。

ねえ、兄さん。

お瑛は心の中で呼び掛けながら、板紅をそっと撫でた。

そのとき、紙袋に記された文字のことが不意に思い出された。

「あのね、寛平さん、油屋の話は兄さんから聞かされていない？」

「そういえば――菅谷さんのことで」

と応えた寛平の話に、お瑛はすっくと立ち上がった。

「どうしたの？　お瑛ちゃん」

「お店番、頼みます、寛平さん」

「あたし？」

寛平がおどおどし始める。

「呉服屋の若旦那でしょう？　お客さん商売なんだから同じ。でも、うちはどれもこれも三十八文。だから『み、と、や』なのよ」

わかってる、という寛平の呟きを聞きながら、お瑛は土間に下り、草鞋を着けた。

先に進むために舟を押す。

お瑛は、神田川へ向かって走りながら、たすきを締め直す。

佐賀町の油屋坂上善兵衛。

道之進さんの後を尾けていた男。兄さんが道之進さんの後を尾けていた者をさらに尾行して突き止めたのだと、寛平が教えてくれた。

兄さんは、道之進さんの話を受け流して、じつは相手を捜していたのだ。おそらく、道之進さんに余計な真似(まね)をさせないためだろう。

土手から桟橋に下り、舫(もやい)を解いた。棹(さお)を差し、舟を河岸(かし)から離す。

兄さん、あたしの舟に馴(な)れないままだったね。

でも、あたしはこれからも舟を押す。

悲しみは薄れることはないけれど、佇(たたず)んだままではいられないから。

風を切って、前へ行くだけ。

櫓臍(ろべそ)が音を立てる。

「おーい、お瑛ちゃん、もう大丈夫なのかえ」

顔見知りの船頭が声を掛けてきた。

「もう大丈夫。これからもよろしくね」

「おう。そういや辰吉の野郎が、気にしてたぜ。そのうち、猪牙舟(ちょきぶね)勝負するんだってな。楽しみにしてるぜ」

まったく、辰吉さんたら、どこまで言い触らしているのだろう。困っちゃう。猪牙舟勝負なんて絶対しない。

でも、それを聞かされる度に、あたしはちょっと怒ったり、元気になったりする。

そんな間柄もいいかもしれない。

お瑛は、さらに櫓を押す。

舳先が水を切って、ぐんぐん進む。

両国橋、新大橋、永代橋。あたしはまだ大川に架かるどの橋も渡ることができない。でも、いつか渡れるはず。

坂上善兵衛の油屋は、結構な間口の大店だった。主とおぼしき老年の男が帳場に座っている。

お瑛は、大きく息を吸って、店に足を踏み入れた。


翌日。白無垢姿のお花は美しかった。

誰もが、息を呑み、ぼうっと見とれるほどだ。

白無垢は、油屋の善兵衛から贈られた物だ。

善兵衛は、はなまきを手伝うお花の母親とお花を吉原から身請けした男だ。お花を娘のように思い、四文屋を開かせ、自由な暮らしをさせている。

道之進との縁談を耳にしたとき、善兵衛は浪人の道之進の人柄や素性を調べるために、店の者に命じ、ときには自らも出向いて、道之進を尾けていたという。

善兵衛も道之進の真面目な暮らし振りを見て、安心したという。祝言の席で、父親代わりとして、満面に笑みを浮かべていた。

お瑛の左隣は辰吉で、右隣は直之だった。

「あのよ、今日のその着物、きれいだな。それに、紅もよぉ、似合ってるぜ」

「ありがとう。まさか、そんなふうにいってもらえるとは思わなかったわ。でも、前に浴衣も褒めてくれたわよね」

「馬子にも衣装っていうじゃねえか」

やっぱりひと言多いな、辰吉さんは、とため息を吐く。

「ねえ、直之さん。あのこと、お父上に伝えたの？」

直之は俯いて、首筋を掻いた。

「なかなか口にできなくて」

と、いきなり、「ご一同」と、ご隠居さまが大声を張り上げた。

「まずは、似合いの夫婦、めでたいめでたい。それと、もうひとつの祝いじゃ。菅谷直之の元服の儀を近々執り行う。烏帽子親は、このわしが務めさせていただく」

それを聞いた道之進さんの顔ったら、なかった。ぽかんと口を開けて、眼を見開いている。

「これこれ、息子の元服を忘れておったのか。長太郎に頼まれてなぁ、ははは」

「これは、恐れ入りまする。よろしくお願い申し上げます」

道之進は、ぎこちなく頭を下げた。

「よかったわね、直之さん」

「はい」

辰吉が「高砂（たかさご）」をでたらめに謡（うた）って、顰蹙（ひんしゅく）を買い、かわりに船頭の源助が見事な喉（のど）を披露した。

お酒が入って、座はさらに賑（にぎ）やかになる。

酔った清吉と寛平が踊りだし、女役の寛平に、悲鳴と怒声が上がった。

皆、幸せそうに笑っている。

お瑛も笑い声を上げた。笑いながら、涙が流れ出した。拭っても拭っても、止まらなかった。背にお加津の手が触れる。温かかった。

あたしはたくさんの人と繋がっている。

ねえ、兄さん、見てる？

引出しの中身

一

「なんでもかでも三十八文。あぶりこかな網三十八文。枕、かんざし三十八文。はしからはしまで三十八文」

　お瑛は揚げ縁の品物の並べ替えをしながら、いつものように、売り声を上げた。

　木々の葉はすっかり落ちて、寒々しい姿をさらし、吹く風も身を切るような冷たさになった。そのうえ今朝は一段と冷え、空はどんよりとした灰色の雲に覆われていた。品物を整えていると、指の先が痛くなるほどだ。お瑛は時折、指先に、はあと息を吹きかける。

　兄の長太郎が、突然逝ってしまってから、もうふた月が経った。

　七七日法要も済ませた。

『柚木』のお加津さんが、

「長太郎さん、ちゃんと極楽に行けたかしらね。閻魔さまにお調子いって怒られてなければいいけど」

そんなことをいって、集まってくれた人たちを笑わせた。兄さんには、やはり湿っぽいのは似合わない。法要が終わった後のお斎で、長太郎さんはああだった、こうだったと、皆が口々にいい合った。

その度に、お瑛はちょっとだけ悔しくなった。知らない兄さんがたくさんいたからだ。もちろん兄妹であっても、見えない姿があって当然だ。だいたい人に本当の姿なんてあるんだろうか。お瑛自身、自分がどういう人間であるかはわからない。

でも、こうして皆が長太郎を語ってくれるのは、嬉しくもあった。

どんな話を聞いても相変わらず、おいおい泣いている寛平さんには困りものだったけれど、お瑛は、長太郎のことをもっと知りたくなった。

どんな心持ちから湧いてきたものかわからなかったけれど、死んだ人は、心の中で生き続ける――そういうけれど――。

忘れたくない、そう思いながらも、暮らしていくうち少しずつ薄らいでいく。

お父っつぁんやおっ母さんのことだって、覚えていることはたくさんある。でも、薄れていく記憶はどうにもならない。人は忘れることで、悲しみや辛さを少しずつ薄めて、やがて思い出に変えるのだ。

だけど、兄さんは違う。

あたしの知らない兄さんをこれからもっともっとたくさん知ることができる。あたしの中に留めておく兄さんを増やすことができるのだ。

「お瑛さん、おはようございます」

「直之さん、おはよう。ひとり暮らしにはもう馴れた？」

直之が、ふと笑って、白い歯を覗かせた。

「一昨日も、その前も同じことを訊かれましたよ。お互いさまですよ」

お瑛も、ああ、そうねと微笑んだ。

直之の父、菅谷道之進は、お菜の店『はなまき』を営んでいたお花と祝言を挙げた。いまは同じ茅町にある二階屋を借り、そちらに移ってしまった。道之進は、そちらで手習い塾を続けている。はなまきは少しの間、お休みするという。

直之は、お花から一緒に暮らそうといわれたらしいが、

「ふたりの邪魔はしたくありませんからね」

と、妙に大人びたことをお瑛にいった。

結局、道之進と住んでいた長屋にそのまま残ったのだ。

ただ、直之は道之進譲りの男前。長屋の女房たちが放っておくはずがなく、飯はもちろん、お菜も、味噌汁も、競って持ってくるという。最初は遠慮していた直之だっ

たが、ひとりの女房からお菜を受け取ったことで騒動になり、いまは女房たちが順番を決めて、朝餉と夕餉を運んでくれるようになった。

『みとや』の常連である左官の女房は、三のつく日が受け持ちなのよ、と嬉しそうにいっていた。以前、亭主がお花に入れ上げていたときは、ぷりぷり怒っていたが、自分のことはすっかり棚に上げている。

直之は、揚げ縁の脇から店座敷に上がると、『みとや』の半纏を羽織った。

いつも落ち着いた優しい顔をしている直之だが、今朝は浮き浮きした表情だ。

「直之さん、嬉しいことでもあったの？」

直之は、途端に顔をほころばせた。

「いまお話ししようと思っていたのですが、今朝方、森山さまから、元服の日取りをお知らせいただいたのです」

お瑛は眼をまん丸くして、

「おめでとう、よかったわね」

思わず直之の手を包むように握りしめた。直之が顔を真っ赤にして応えた。

「ありがとうございます。これも長太郎さんのおかげです。森山さまに私の元服を頼んでくださったのですから」

森山さまは、皆がご隠居と呼んでいる森山孝盛さまだ。

「そうねえ、お父上はお花さんのことで、すっかり直之さんを忘れていたから」

「ひどい父ですよ、まったく……ところで、あのう、お瑛さん」

直之が戸惑い気味にお瑛を見やる。

あっと、お瑛は慌てて、手を離した。ずっと直之の手を握りしめたままだった。

「でも、とにかく、おめでたい話ね。お加津さんにも伝えて、お祝いしましょうよ」

「そこまで甘えては。私ももう、一人前の大人になるのですから」

「そんな遠慮はなしよ。お加津さんだってほっとかないから。で、いつなの？」

お瑛は、身を乗り出して訊ねた。

「師走の煤払いを終えた後、吉日を選んでということでした」

煤払いは、一年の埃を払う大掃除だ。師走の十三日、お城の大奥で行われるようになったのにならって、商家や長屋でも家族総出、奉公人総出で行う。

埃を払う煤竹は、煤竹売りが十日ぐらいから、町を流し始める。

そうか、今年はあたし一人でやるのかとお瑛がぼんやり思っていると、その表情を見て取ったのか直之が、

「私もお手伝いに来ますすね」

と気遣ってくれた。

「でも、今年は煤払いやめちゃおうかな」

お瑛は、ぽつんと呟いた。

「なんだかね、埃を払ったら、兄さんまで追い出してしまうような気がするの。もう四十九日も過ぎたのに、まだ居るみたいで」

直之の顔が曇る。お瑛は、ごめんね、と笑いかけた。

「そんな言い方したら、兄さんが埃だったみたいね」

直之が首を横に振った。

「なんか変なのよね」

お瑛は店座敷から続く居間を振り返った。

長太郎がいつも寝転がってうたた寝していた場所が、ぽっかりと空いているように見える。

ずっと一緒にいた人がいなくなるのって、こういうものなのかなと思うけれど、頭の中ではまだ納得いかない。心も認めていないような気がしている。

直之が、眼を伏せた。

「私も母を失ったとき、お瑛さんと同じ思いをしました」

直之の母親は病で亡くなっている。

「まだ幼かった私は、母を守ることができませんでした。医者に病状を訊ねることもできない。薬もうまく与えられない。それでも母はいつも私にありがとうといってくれていました。いよいよという晩に、しゃくりあげる私に母は子守り唄をうたったのです。何をうたっているのかもわかりませんでした。でも、私が赤子の頃、その唄を聞くと泣きやんだと父が後に教えてくれました。母の弔いが済んだ後、私は母が寝ていた薄っぺらな夜具にくるまって泣きました」

母の温もりが、悔しい思いがまだ残っていると思ったからだ、と直之は声を震わせた。

「ごめんね、辛いことを思い出させちゃった」

いいえ、と直之は唇を噛み締める。

「けれど、お瑛さんは、ご両親も亡くされて——」

はあ、とお瑛は大きく息を吐いた。

「ほんと、嫌になっちゃう。あたし、家族の縁が薄いのかな。お加津さんとか、直之さんとか、ご隠居さまとか、辰吉さんとか、頼りになる人はたくさんいるのに」

お瑛はそういいながら、寛平さんも入れておいたほうがいいかしらと、心の中で寂しく笑う。

二

お瑛は、仕入帖を繰りながら、今日、回る処を決めた。

長太郎が仕入れに歩いていた道を辿ることに決めていた。お瑛の知らない長太郎を探すためだ。

もういくつかの店を訪ねた。その度に長太郎の話を聞かせてもらった。もちろん中には死んだことを知らない人もいて、ある小間物屋ではお内儀さんが急に泣き出してしまい、お瑛が慌ててしまったこともあった。

「今日はいつもより冷えますよ。私が代わりに出ましょうか？」

直之がいった。

「さすがにお武家さまにはお願いできないわよ。それに、暑くても寒くても仕入れに出ないとね。売り物がなくなったら、大変だもの」

お瑛は仕入帖を閉じる。

「でも、先日のように、鍋や瀬戸物だと荷が重たくなりますよ」

ああ、とお瑛はため息を洩らした。あれはたしかに大失敗というか、あたしのせいじゃない。訪ねたお店で、亡くなった兄に代わってこれから仕入れに来ると告げたら、

「ひとりで店を切り盛りしていこうなんざ、えれえっ」

と、やたらに品を分けてくれたのだ。しかも、売れ残りだからと、銭もろくろく取らなかった。

『みとや』としてはありがたかったけれど、帰りの風呂敷の重たかったことといったらなかった。荷を下ろしたら、腕と指がしばらくぷるぷる震えていたくらいだ。

これからは取り置きしてもらって、幾度か足を運ぶようにすることにした。

「今日はその心配はないから大丈夫よ」

指物師の処へ行こうと思っていると直之に告げた。

「指物師って、箪笥を仕入れるつもりですか？　一棹だって無茶ですよ」

「まさか、兄さんじゃあるまいし」

指物と聞いて思わず腰を浮かせた直之に、お瑛は笑いかけながら綿入れを着て、襟巻きを巻いた。

「兄さんが以前、一度だけ小引出しを仕入れてきたことがあったのよ。桑の木で造られた立派な物。ご隠居さまがすぐにお買い上げになったの」

実は、長太郎の死が思わぬ事態を引き起こしてもいた。盗品を売っているという噂が流れ、『みとや』の信用はガタ落ちした。その潔白が証明出来て、ようやく常連も戻ってきた矢先の長太郎の死。不運続きの『みとや』の品は不幸を招くと、勝手な事をいう人もいる。

だから、三十八文均一の店ではとても扱えないような、誰もが唸るいい品物を仕入れて、辛気臭さを吹き飛ばしたい。

これからお店を守っていく、あたしのためでもある。

その指物師からは、たった一度しか仕入れをさせてもらっていない。もちろん、高価なものだし、兄さんが持ち帰った時も、寸法違いの物を作ってしまったからという理由だった。

そのような物でも、買い手は必ずあるから、きっと、兄さんに根負けしたのだろう。仕入れの知識や経験がないあたしだからこそ、難しそうな仕入れ先にも臆さないで、訪ねていこうと思っているのだ。

「指物師の工房はどこなのですか？」

「うん、亀戸だから、舟で行くつもり。徳右衛門さんっていう人」

直之が、えっと腰を浮かせた。

「あの徳右衛門さんですか？」

「直之さん、知っているの？」

お瑛が今度は驚いた。

「大名や旗本からも注文を受けるほどの人ですよ」

「そんな職人さんなの？」

「長太郎さん、よくそんな方から仕入れができましたね」

「寸法違いの物だったからって」

いやあ、と直之が首を捻(ひね)った。

「だいたい寸法違いの物など間違っても作る人じゃないと思いますけど」

お瑛は、仕入帖を開いて見直した。やはり、亀戸、指物師徳右衛門、小引出し、二十文と書き入れてある。もっとも、小引出しが二十文というのも破格の値段だ。

道之進とお花の新居に徳右衛門の作った簞笥と長持があると、直之がいった。お花を身請けした油屋坂上善兵衛が、徳右衛門から嫁入り道具として買い上げたのだ。

直之が考え込む。

「ただ、この頃、仕事の注文を受けていないと、お花さんがいっていました。徳右衛門さんは手鏡も作るので、お花さんが善兵衛さんに頼んだら、今は仕事をしていないからと断られたらしいです」

「どうしよう」

お瑛が困った顔をすると、

「無理に指物を仕入れに行くことはないのではありませんか？　汁椀、飯茶碗、筆も足りなくなっていますし、履物もいいと思いますよ」

直之が揚げ縁を眺めながらいった。

「それに徳右衛門さんは、仕事は丁寧ですけど、あまり人を寄せ付けないというか、かなりの偏屈者だと聞きました。でも、そこからひとつでも仕入れたというのですから、長太郎さんはやはりすごいですよね」

うーん、とお瑛は唸った。一体、どんな手を使ったのやら。兄さんは、弁が立つから、くどき落としたのかしら。それがすごく気にかかる。これから先の仕入れにも役立つかもしれない。

「あたし、やっぱり徳右衛門さんの処へ行ってみたい。注文は受けていないかもしれないけど、今まで作ったものはあるだろうから」

お瑛が立ち上がる。

「じゃあ、直之さん、お店番よろしくね」

承知しました、と直之がにこりとした。

「お瑛さん、いい物を仕入れてきてくださいね。期待しています」

「任せといて。あのお調子者の兄さんに出来たんだもの、あたしにも仕入れられるわよ。直之さんが驚くような物を持ってくるからね」

お瑛は長太郎が使っていた大風呂敷を持ち、草鞋の紐をきゅっと締めた。

外に出ると、綿入れを着ていても寒い。兄さんはいい加減な性質だったけれど、暑い夏も寒い冬もこうして仕入れに出ていたのだ。お瑛は自分の足で品物の仕入れをするようになってから、あらためて長太郎に感謝した。

「お瑛は、そうしていつも座っているだけだからな」

と、よく文句を垂れていたけれど、もう少し優しい言葉をかけてあげてもよかったかもしれない。でも、そんなことをしたら、兄さんは、きっと気味悪がったり、「お瑛、熱でもあるんじゃないかい?」と、額に手を当ててきたに違いない。

『みとや』は三十八文均一の店だから、問屋で品物を仕入れては、損が出る。だから、小売りの店や職人を訪ねて、売れ残り品や季節外れの物、流行りから外れた物などを、相手と交渉して安く手に入れる。

ときどき、長太郎はいわくつきの品物やほとんど儲けが出ないような品物を、へっちゃらで買い付けてくることがあった。吉原で使われる入子枕とか漬物石ほどもある硯とか。

そういう品物に、幾度振り回されたかしれない。

でも、その度、お瑛は様々なことを学んだ気がする。人が品物に寄せる思いであるとか、作った職人が込める望み。

誰かにとっては、まったく不必要な道具でも、誰かにとっては、とても大切な物になる。人と人が繋がるように、『みとや』が、人と品を繋ぐ、もっともっとそんな役割が出来る店になれたらいいと、お瑛は思う。

兄さんは自分で気づかぬうちに、そんなことをしていたのかもしれない。

あたしにもできるだろうか――。

お瑛は、空を見上げた。灰色の雲がすっかり空を覆っている。ぶるりと身を震わせ、襟巻きをきつく巻いた。唇から白い息が洩れ、どんどん早足になるのがわかる。きりきりした寒さが足元から上がってくるようだ。

やっぱり雪になりそうだ。

普段は威勢のいい魚屋が、売り声の代わりにくさめをして通り過ぎた。

神田川に架かる浅草橋のたもとから、土手を下る。

お瑛は、綿入れを脱ぎ、たすきを掛けた。栈橋で舫を解いていると、

「よう、お瑛さん」

太い声が上から落ちてきた。お瑛が橋を見上げると、猪の辰こと、辰吉が欄干から身を乗り出していた。

「どこ行くんだよ。お加津さんから、なまり節の煮物を預かってきたんだ」

「あら、嬉しい」

お瑛は上を向いたまま、笑顔を向けた。昆布となまり節の煮物はお瑛の大好物だ。

「これから亀戸まで仕入れに行くの。直之さんがお店番しているから、渡しておいて」

辰吉が視線をあげて、そうか、いねえのかと呟くようにいった。

「なに？　なんて言ったの？」

「ああ、なんでもねえよ。直之さんに預けておくよ」

辰吉は再びお瑛に視線を戻すと、

「仕入れも大変だな。気をつけて行って来いよぉ」

大声を出した。橋の上を歩く人が首を伸ばして、ちらちらお瑛を見ていく。

恥ずかしいなぁ、と思いつつも、お瑛は岸に棹を差し、ありがとうと答えた。

「あまり速く漕(こ)ぐと、今日の風は冷てえぜ」

じゃあな、と辰吉が手を上げた。

お瑛は舟を岸から離すと、棹から櫓(ろ)に代えた。寒さで身体(からだ)が縮こまっていたせいか、思うように櫓を捌(さば)けない。腕と身体がばらばらに動いている。川面(かわも)も黒々として、冷たそうだ。

上体を前屈(まえかが)みにしてから、思い切り身体を反らした。それを幾度か繰り返すうちに、ぎくしゃくしていた腕と身体がようやくひとつになって、舟がぐんと進みだす。

頬に当たる風が痛い。

辰吉のいう通りだ。でも、辰吉の様子が少しばかり妙だった。いつもより顔が沈んで見えたような気がした。次に会ったら、訊ねてあげようと思った。

「よお、お瑛ちゃん、今日はいっち寒(さみ)いなぁ。綿入れも引っ掛けねえで、震えがこねえのかい？」

荷船の老船頭が、すれ違いざま声をかけてきた。

「大丈夫。櫓を押しているうちに、ぽかぽかしてきたから」

「やっぱ、若(わけ)ぇんだなぁ」

老船頭は羨ましそうにいって、またな、と去っていく。

お瑛は両国橋の下を潜り、対岸に向かって行く。亀戸へは、竪川をずっと上って、交差する横十間川を北へ向かうのだ。

徳右衛門の工房は、天神橋の手前の亀戸町の表店だ。桟橋を見つけ、舟を寄せる。舫をかけて、土手を上がった。たすきを外し、綿入れを着る。

徳右衛門の工房はすぐにわかった。障子戸に大きく指物と書かれていたからだ。

「ごめんください」

お瑛は訪いを入れる。返事がなかった。

「ごめんください」

さらに声を張り上げた。留守かしら、と中をうかがうように、耳をすませる。ことり、と小さな音がした。そのうえ、足音をしのばせるような気配までする。

「徳右衛門さん、いらっしゃいますか」

お瑛は障子戸に顔を寄せて、声を落とし気味にいった。

直之さんが偏屈な人だといっていた。居留守を使われているのかしら、と小首を傾げ、障子戸にぴたりと耳をつけた。

やはりかすかだけど物音がする。

ここで帰るのは悔しい。せめて徳右衛門さんと話だけでもしたい。

「浅草の茅町で『みとや』という三十八文屋を営んでおります、お瑛と申します。徳右衛門さんには、以前、兄の長太郎が小引出しを買い上げさせていただきました」

その節はありがとうございました、とお瑛は障子戸に耳をつけたまま、頭を下げる。

「突然、不躾(ぶしつけ)かと思いましたが、できましたらもう一度、お品物を譲っていただけないかと思い、参りました」

それだけいうと、お瑛は耳をさらにそばだてた。

「おいおい、なにを障子戸に話しかけていやがるんだえ、お嬢さん。いまは留守だ」

しわがれ声が、突然背に飛んできて、お瑛は飛び上がるほど驚いた。

振り向くと、ごま塩頭で無精髭(ぶしょうひげ)を頬から顎(あご)にかけてまんべんなく生やした初老の男が立っていた。つぎ当てだらけのどてらを着込んで、手には酒屋の貸し徳利を提げていた。

お瑛は障子戸を背にして、

「こちらの、徳右衛門さんにお願いがあって来ました」

はあん、と初老の男は顎をしゃくった。

「開いてるよ、勝手に入んな。客が来るなんざ、久しぶりだ」

えっ？　とお瑛は眼を見開いた。もしかしたら、この人が指物師の徳右衛門さん？

ぽかんとしていると、徳右衛門らしき男は、そら、どいたどいたと、お瑛を脇に押しのけ、障子戸を開いた。

「帰ったぜ」

「にゃお」

黒い猫が、とんと三和土(たたき)に降りて、徳右衛門の足下にすり寄った。

三

家の中で物音を立てていたのは猫だったのだ。徳右衛門は徳利を上がり框(かまち)に置き、黒猫を抱き上げた。

猫は徳右衛門の懐(ふところ)に入り込もうとしている。

「おほ、鼻が利(き)きやがるなぁ。おめえのために煮干しを買ってきてやったんだ」

まあ、おれの肴(さかな)でもあるがな、といいながら履物を脱ぎ、板の間に上がる。猫がお瑛を見つめてきた。左右の目の色が違っている。

しかも、毛並みも輝くようで、顔立ちもきれいだ。雌か雄かわからないけれど、お瑛は、うっとり見入ってしまった。

「どうしたい、お嬢さん、おれに用事があるんじゃねえのか。寒いんだからよ、開けっ放しの立ち話は御免だよ」

徳右衛門がお瑛を見下ろしながらいった。声が少し尖(とが)っていた。

「すみません。ではお邪魔いたします」

お瑛は頭を下げて三和土に入ると、障子戸を閉めた。

「よう、そこの徳利、取ってくれるか」

「あ、はい」

腰を屈めて徳利を両手で持ち、手を伸ばす徳右衛門へ渡す。

お瑛は、はあと息を洩らした。

板の間は八畳ほどの広さで、部屋の隅には薄い板が幾枚も壁に立てかけられていた。けれど、仕事をしているという雰囲気はまるでなかった。木屑(きくず)ひとつ落ちていない。道具もきちんと仕舞われているのか、鋸(のこぎり)ひとつ、鏨(たがね)ひとつ見当たらない。あるのは、立派な長火鉢くらいだ。この長火鉢も徳右衛門が作ったものなのだろう。長い間使い込まれて、漆がいい味わいを出している。

やはり、もう仕事はしていないのだ。

徳利を提げ、猫を抱いた徳右衛門は、長火鉢の前に腰を下ろすと、

「で、お嬢さん、おれに何の用だい？」

じろりと、大きな目を向けてきた。

「お嬢さんではなく、『みとや』のお瑛です。もし覚えていらしたら嬉しいのですけど、以前、兄が小引出しを――」

徳右衛門は口をへの字に曲げて、猫板の上に置きっぱなしになっている湯飲み茶碗に酒を注いだ。

「ああ、覚えてるよ。結構な男前だろう？　去年の夏ぐらいだったか。あんまりしつこかったんでよ、たしか長太郎っていったな。あれは、あんたの兄さんか」

「そんなにしつこかったんですか？」

「ああ、幾度来たかしれねえ。しまいにゃ、病の妹がいるとかいい出して、泣き出してよぉ」

あたしのこと？　病の妹って。しかも泣いたって――呆れて物がいえない。

徳右衛門は鼻先で笑って、酒を飲んだ。

「あんたは元気そうじゃねえか。もう一人妹がいるのかい？　それとも病が治ったのか」

まったく嘘つきもいいところだ。でも、どうしよう、ここであたしが頷けば、嘘の上塗りだ。お瑛が返答に詰まっていると、

「そんな顔しているところを見ると、いねえんだな」

徳右衛門が、ガハハと笑った。

「そんな嘘、とっくに見抜いているよ。しかし、ひどい兄さんだな。妹を病にしてまで、仕入れようなんてよ」

お瑛は真っ赤になって顔を伏せた。

「いいんだ。おれが、あんたの兄さんに小引出しを譲ったのは、嘘に引っ掛かったからでも、泣き落としに情けをかけたわけでもねえ。別の理由からだよ。恩返しだ」

「恩返し？」

お瑛は顔を上げた。

黒猫が徳右衛門の懐に潜り込んで、顔だけひょこりと出す。

「温いなぁ。生き物ってのはあったけえ。よう、お嬢さん、突っ立ってないで、上がんな。そこじゃ寒いだろう？」

お瑛が躊躇していると、

「仕入れに来たんじゃねえのかい？　なら、上がってちゃんと話をしなけりゃな」

徳右衛門は、からかうようにいった。

お瑛は、草鞋の紐をほどいて板の間に上がり、かしこまった。

徳右衛門が怪訝(けげん)な顔をする。

「ところで、この寒い中、妹のあんたが、仕入れをしているのかい？　兄さんはどうしたい、店番しているのか？」

お瑛は背筋を伸ばして、口を開いた。

「あたしも、仕入れを学ばないといけないと思いまして。それで、兄がこれまでお世話になっていた方やお店を、回って歩いているんです」

「へえ、いい心掛けだな。店番だけじゃ見えねえ苦労もあるからな。ましてや三十八文屋じゃ、問屋なんかで仕入れはできねえものなぁ。足を使って安く買い上げるしかねえ」

徳右衛門は、あんたもどうだと、酒を勧めてきた。

お瑛は慌てて首を横に振った。

「あたし、お酒は飲めません。それに舟で来ているので」

徳右衛門が訝(いぶか)しむ。

「船賃かけて、ここまで来たってのかい？」

「いいえ、自分で漕いできました」

お瑛がいうと、徳右衛門が、こいつは面白えと、笑った。

「その細腕で舟を漕ぐのかい？　てえしたもんだ」

そんなことはありません、その方が楽だからです、と応える。

徳右衛門が、じっとお瑛を見つめてきた。

「あんた、変わってるな。女のくせになんで舟なんぞ漕ごうと思ったんだい？」

お瑛は一旦俯いたが、すぐに顔を上げ、徳右衛門を見返した。

「……あたしは、前に進む舟が好きだからです」

徳右衛門が、口許を曲げる。

「なるほどな。前に進むか。若いあんただからそう思えるんだな。先があるのは若いうちだけだ」

なあ、と徳右衛門は懐から顔を出す黒猫の喉元を指先で撫でる。気持ち良さそうに眼を閉じた黒猫は、ごろごろと喉を鳴らす。

「でも、若くたって急に先が断たれることもあります」

お瑛は長太郎を思った。兄さんだって先があったはずだ。お嫁さんだって、もらっていない。『みとや』の看板を大きくすることだってもう叶わないのだ。

お瑛は身を乗り出した。

「だから、歳なんて関係ないと思います。お歳を召した方だって――」

あんたな、と徳右衛門がお瑛の言葉を遮った。

「おれのところに説教でもしに来たのか？　仕入れに来たんだろう。何も聞いていないのかえ？」

徳右衛門は薄ら笑いを見せる。

「ここを見て、わからないかい？　おれはいま、何も作っちゃいねえ、注文も受けてねえ」

「聞いています。でも、これまで作った物がおありじゃないかと思って来たんです」

ねえな、と徳右衛門は即座に応えた。

「もう何もねえ。最後に注文を受けたのが、半年前だ。箪笥を一棹作って、それで仕舞いにした。これまで作った物もすべて売り飛ばしたよ。何も残っちゃいねえよ」

売り飛ばした中に、お花のために善兵衛が購った箪笥と長持があったのだろう。

せっかく来てくれたが、無駄足踏ませちまったな、と徳右衛門がいった。

「さ、もう帰ってくれ」

黒猫に煮干しをやり、お瑛から眼をそらせる。

お瑛は得心がいかなかった。仕事もしていない、品物もないというのに、なぜ上がれといったのだろう。

「あまり人を寄せ付けないというか、かなりの偏屈者——」

直之の言葉がお瑛の頭に甦ってきた。

お瑛はもう一度、板の間を見回した。確かに、この大きな長火鉢以外、何も見当たらない。紺屋の白袴ではないけれど、指物師も自分のために箪笥や引出しを作ったりはしないのだろうか。

上がれといったのは、もう仕事はしていないということを、わからせるためだったのかもしれない——お瑛は少しがっかりした。

指物は、釘などの金具を使わず、ほぞとほぞ穴を組み合わせて作りあげる。

兄さんが仕入れてきた徳右衛門の小引出しを眼にしたとき、なんてきれいなんだろうと思った。塗った漆の下から木目がまるで模様のように浮き出ていた。

高さが一尺（約三十センチメートル）、横一尺二寸、浅い引出しが四段の物だった。当然のことなんだろうけど、ほぞには寸分の狂いもない。職人はすごいとため息が出た。

指物は、物差し（定規）で寸法を計ることからいわれるようになったという。

徳右衛門の小引出しは、計ったそのままにきちりとしていながら、木の温かさ、温もりのようなものを感じた。

木を生かしたまま、加工しているようにお瑛の眼には映った。人の手が作る物には、やはりその人の手の温かさが出るんじゃないかと思ったのだ。

森山のご隠居さまが一目見るなり、

「屋敷に戻ってすぐに使いを寄越すから、誰にも売ってはならんぞ」

興奮気味にいった。そのお顔が本当に懸命で、笑ってしまったのを思い出す。

それほど人の心を惹きつける物なのだ。

腰を上げないお瑛に、徳右衛門があからさまに不機嫌な顔を向けてきた。

「なあ、いくら見たって木っ端ひとつねえだろう？　仕事もしていないし、売り物なんかねえんだよ。帰った帰った」

徳右衛門はお瑛を追い払うように、手を振った。

じゃあ、最後にひとつうかがわせてください、と少しだけ膝を進めた。

「あたし、兄さんのことをほうぼうで聞いているんです。どうやって仕入れをしていたのかって。特に、厄介な方から――あっ」

お瑛は口元に手を当てた。

徳右衛門が眼をしばたたき、

「厄介な方ってのは、おれのことかえ？　正直なお嬢さんだな」

肩を揺らした。

「いえ、厄介というか、徳右衛門さんのようにお武家の注文を受けるような方が、たった一度だけとはいえ、なぜうちのような三十八文屋に小引出しを譲ってくださったのか、わからなかったからです」

ふうん、と徳右衛門は再び湯飲みに酒を注いだ。

「譲っていただけたのは、寸法違いの物を作ってしまったからだと兄から聞きましたが、先ほど徳右衛門さんは恩返し、とおっしゃいました。恩返しとは、なんでしょうか？」

徳右衛門は、うんと唸って、いつの間にか眠ってしまった黒猫へ視線を落とし、頭を撫でた。

四

昨年の夏、足繁(しげ)く通ってくる長太郎を徳右衛門は疎(うと)ましく思っていた。大名や旗本から注文を受けるほどの職人である自分のところに、三十八文屋の若造が来たところで、売り物などあるはずもない。

　そのうえ、

「うちは三十八文屋なので、仕入れ値がそれ以上になったら、損をします。ですから、高くて三十文、出来れば二十文でお願いします」

　といった。

　徳右衛門は、端整な顔でしれっといいのけた長太郎の図々(ずうずう)しさに怒りを通り越して呆れ果て、

「おれの指物を安く見るんじゃねえ、二度と来るな」

　と、塩を撒(ま)いた。

　お瑛は話を聞きながら、それは当然だと強く頷きつつも、さすがは兄さんだと感心していた。

「三日とあげずに来ていた奴(やつ)が、ぱったり来なくなって、おれもほっとしていたんだが」

　徳右衛門は、すっと眼を細めた。

「天神さんの夏越祓(なごしのはらい)のときだったな」

亀戸天神では、夏の六月に、大きなお祓がある。茅(ちがや)で作った茅(ち)の輪をくぐり、半年間の穢(けが)れを祓い落とすのだ。

「このあたりも、人でごった返していてな。天神橋の上も人だらけだった。そのとき、騒ぎが起きたんだよ」

誰かが川に落ちたと、叫び声が上がった。徳右衛門が工房から飛び出すと、橋の上から皆が川を覗き込んでいた。

徳右衛門も川を見下ろした。すると、若い男が川の中ほどでもがくようにしていた。川には、天神さまへ向かう客を乗せた乗り合い舟がひっきりなしに通っていた。

「舟に摑(つか)まれ、船頭、棹だ、棹だ」

誰からともなく声が上がった。

舟に乗っていた客が、棹を取って、男へ向けた。

若い男は、懸命に腕を伸ばす。

徳右衛門からは男の背しか見えなかったが、左手を動かしていないことが不思議に思えた。

男が棹を摑むと、橋の上から、舟から歓声が上がった。

舟の客たちが男を励ましながら、棹をたぐる。船頭が川べりに舟を着けたとき、

「いやあ、助かりました。夏でも水は冷たいですね」

と、のんきにいって男が笑った。

徳右衛門は眼を見開いた。長太郎だった。

やっとのことで土手に上がった長太郎は、草の上にごろりと寝転がった。胸に何かを抱えている。徳右衛門は、土手を駆け下りた。

「あんた、まさか……」

眼をぐりぐりさせる徳右衛門へ向けて、長太郎は寝転んだまま、にこりと笑った。

「危なかったですよ。もうすこしで溺れ死ぬところでした」

徳右衛門は震えながら膝をついた。

「にゃお」

長太郎の腕から抜け出た仔猫が鳴いた。濡れた身をぶるぶると振る。

「あはは、水が顔にかかっちまう」

長太郎が迷惑そうに、けれど嬉しそうな笑顔を見せた。

徳右衛門は、ぐっしょり濡れた猫を抱え上げた。長太郎が徳右衛門を見上げる。

「その仔猫、目の色が違うでしょう？　悪がきどもが気味悪がって、川に投げ込んだんです」

「それをあんたが」

「私も川に飛び込むのは躊躇しましたよ。なにせ泳げないものですから。でも、見て見ぬ振りをするのも嫌ですよねぇ」

徳右衛門は、礼の言葉も出てこなかった。

この黒猫は少し前、徳右衛門が天神さまへお参りに行った帰り道に拾ったのだ。親がいないのか痩せこけて、目つきも悪かった。しかも足に怪我をしていた。徳右衛門が手を出すと、毛を逆立てた。小さな身体で懸命に生きてきたのかもしれない。

さらに抱き上げようとすると、徳右衛門の手の甲に爪を立てた。

おれみたいだ、と徳右衛門は思った。親に捨てられ、養父母に育てられた。捨て子を引き取ると、町から養育料として銭がもらえる。養父母はその銭が目的だった。酒やばくちでそんな銭はあっという間に尽きる。すると、徳右衛門を厄介者扱いして、飯もろくろく食わせてもらえなくなり、七つになってすぐに指物師の元に奉公に出された。多少給金がもらえるようになると、養父母は奉公先にも現れ徳右衛門に銭をねだった。挙句、親方に徳右衛門の給金の前払いをしろといいだした。親方や仲間にも疎ましがられるようになり、工房を飛び出した。

養父母からも逃げるためだ。

それからひとりで突っ張って生きてきた。

だが、指物だけは続けたかった。ほぞがほぞ穴とぴたりと合わさる。その感覚が、徳右衛門はたまらなく好きだった。少しでも手元が狂えば隙間（すきま）が出来てしまう。けれど、木は生きている。息をしている。徳右衛門は、木に触れるとそれを感じる。木が息苦しさを感じないように、ほぞとほぞ穴を作る。

その微妙な、繊細な作業が徳右衛門に時を忘れさせた。養父母のことも、自分を邪険にした仲間たちのことも忘れた。

いろんな指物を見て回った。気に入った物があると、その職人の処へも出かけて行った。

門前払いを食らわされるのは承知の上だった。その仕事の仕方だけを見て、盗むのが目的だったからだ。

「おれには、親もいねえ、親方と呼べる奴もいねえ。ずっとひとりだった。それが、こいつに重なった」

徳右衛門は、黒猫を優しく見つめた。

「あんたの兄さんが、こいつを助けてくれたんだ。だから、小引出しを譲った。寸法違いなんかじゃねえよ。注文が来たら、同じものをふたつ作るんだ。少し漆の塗り具合を変えてな」

それ以降、兄さんはどうしたのだろう。

「これひとつきりで、あとは譲らねえといったが、時々やってきたよ。こいつに土産を持ってな。情がわいたとぬかしてよ」

徳右衛門は、ふんと鼻を鳴らした。

「変わった奴だったな。一度だけ、手鏡を売ってやろうかといったんだ。そうしたら、なんといったと思う」

「喜んだのではないのですか？」

徳右衛門は首を横に振る。

「あの小引出しは、旗本のご隠居が買ってしまった。本当はおれの指物を裏店の人たちに使って欲しかったというんだ。だから、もういいっていいやがった。偏屈野郎、といってやった」

兄さんは天性の人たらしだ。けれど意図しているわけではない。川に投げ込まれた猫を救ったのも、徳右衛門に恩を売るとか歓心を得るとかとは違う。救いたいから救う。その真っ直ぐさが相手の心を捕えてしまうのだろう。

あたしには真似出来ないと思った。

ひと目でいい物だとわかるようなご隠居さまに買われてしまったのが、悔しかったんだろう。偏屈だという噂のある徳右衛門さんに偏屈といわれた兄さんも相当なものだ。

「あんたたちも苦労したんだな。あんたの兄さんは苦労とはいわなかったがよ。永代橋の事故で親失って、妹と生きてきたって。けろっとした顔でいいやがった」

「ありがとうございます。それだけ聞かせていただけたら、あたしも満足です」

お瑛は丁寧に頭を下げると、腰を上げた。

「余計な話までしちまったがな。でもよ、たまにやって来るのを、おれは楽しみにしてたよ。おれが仕事を辞めると告げたときも、黙って聞いてくれた。そのあともここに来た」

兄さん、知っていたんだ。徳右衛門さんが仕事を辞めること。

「そういや、いつだったか帰り際にふっと振り向いてよ、もうたっぷりお足は蓄まっているでしょうから、楽隠居ですね、と笑ったよ」

「そんな失礼なことといって」

徳右衛門は、気にしてねえよ、その通りだからといった。

「金もある。こいつもいる。それだけでおれは十分なんだよ」

その時の徳右衛門の顔が少し寂しそうに見えたのは、気のせいだろうか。

「兄さんによろしく伝えてくれよ。いつでも遊びに来いってな」

三和土で草鞋を履いていたお瑛に、そう声を掛けてきた。


お瑛は徳右衛門の工房を出ると、土手を下り、舟に乗った。

兄さんは、どうして仕事を辞めた後も徳右衛門さんの処に通っていたのだろう。仕事を辞めるといったときも止めなかった。その訳を知っていたから、楽隠居なんて失礼な物言いをしたんだろうか。

あたしの知らない兄さんがここにもいた。

お瑛は棹を操って、舳先の向きを変える。櫓に手を掛け、思い切り身を反らせた。

舟は気持ちがいいくらいに水面を切る。

不意に視線を感じて、お瑛は顔を上げる。徳右衛門が猫を抱いて立っていた。その表情まではわからなかったが、少しばかり、ぼんやりとした眼でこちらを見ている。

お瑛がぺこりと頭を下げると、徳右衛門が急に背を向けた。

櫓を押しながら、徳右衛門さんの工房に人気がなかったと思った。奉公人どころか、家族の気配さえもない。本当に徳右衛門さんは、一匹の黒猫とだけ、暮らしているのだ——。

考えているうちに舟はぐんぐん速さを増した。猪牙舟を一艘追い抜いた。

「おいおい女かよ。すげえ姐さんだな」

猪牙舟の客が呆れた声を出す。

お瑛は、ふと坂上善兵衛を思い出した。善兵衛の営む油屋は佐賀町にある。徳右衛門から箪笥と長持を買っているなら、なにか噂を聞いているかもしれない。

竪川に入らず、小名木川まで舟を進ませた。小名木川を下って、大川に出て、今度は仙台堀に入る。善兵衛の店は、上之橋を潜ってすぐだった。

大川に出ると、前方に永代橋が見えた。お瑛は、櫓をぐいと押した。

五

「いらっしゃいませ」

善兵衛の店に足を踏み入れた途端、愛想のいい手代がお瑛に近づいて来た。

「ごめんなさい。お客ではないんです。ご主人の善兵衛さんは、いらっしゃいますか？」

お瑛が帳場を覗（のぞ）き込むと、手代が怪訝な顔をした。

「あたし、『みとや』のお瑛です。そう伝えていただ――」

お瑛がいい終わらぬうちに、

「おお、お瑛さんじゃないか」

母屋（おもや）から店に出て来た善兵衛が、にこにこと頬を緩ませ、目尻（めじり）に皺（しわ）を寄せた。

「どうしているか心配していたのだよ。落ち着いたかい？」

「急にお訪ねして申し訳ありません。すっかりといえば、嘘になりますけれど、そこそこ元気です。仕入れもあたしがしておりますし」

「ほう、仕入れに回っているのかい。それは大変だ。今日など、雪が降りそうなほど寒いからねぇ。さ、こちらへお上がり。少し温まっていきなさい」

「いえ、こちらで結構です。実は、指物師の徳右衛門さんのことをお聞きしたくて、突然申し訳ないと思ったのですが」

善兵衛は、徳右衛門さん？　と首を傾げ、手代にお瑛の方へ火鉢を持っていくようにいいつけた。お瑛は礼を言い、店座敷に腰をかけると、手あぶりに手をかざした。温かさに、冷たい指先がじんとする。

「なぜ、お瑛さんが徳右衛門さんのことを気に掛けているのだね？」

善兵衛もお瑛の傍に腰を下ろした。

それが、とお瑛は、長太郎と徳右衛門のことを告げた。

「仕事を辞めてからも、兄が徳右衛門さんをお訪ねするのはおかしいと思いませんか？」

善兵衛も、唸って腕組みをした。

「確かに、そうだがね。長太郎さんのことだ、何か思うところがあったのだろうねぇ。お花と道之進さんの祝言前にも、私に道之進さんの人柄は自分が請け合う、安心してくれとわざわざいいに来たんだからね」

あたしが訪ねる前に、兄さんはすでに善兵衛さんに会っていたということだ。

あたしが初めてここを訪ねたとき、善兵衛さんがあまり驚かなかったのがちょっと不思議に思えたが、そのせいだったのだ。なんてお節介な兄妹だろうと心の中で笑っていたかもしれない。

「徳右衛門さんが仕事を辞めた訳も、兄さんは聞いていたんじゃないかと思って」

「さあ、それはどうかね。私がお花のために長持と簞笥を購ったときは、徳右衛門さんは何もいわなかったしね。私も後から聞いて驚いたんだ。もっとも、辞める理由など、誰彼構わず話すようなお人じゃないけどね」

ならば、兄さんも聞かされていなかったんだろうか。

善兵衛が、急に小難しい表情をした。

「あの人は偏屈というか、仕事に厳しくてね」

注文主が大名でも、出来上がった物が気に食わないときには納めなかったという。

「納得がいく物が出来るまで、平気で客を待たせちまう。それと、小さな物は指物師が漆を自分で塗ってしまうが、簞笥など大きな物は、塗師に頼むだろう。その塗師の漆の具合が気に入らないと怒鳴り込んで、何度も喧嘩になったそうだ」

それでも注文が入るのは、徳右衛門さんの指物が皆に認められていたからだ。

「いっときは奉公人が幾人もいたんだが、次々逃げ出してね。残ったのは、ひとりだった。でも、いまはもう、そのひとりも追い出されたはずだがね」

「何かあったのですか？」

お瑛の声が思わず高くなった。

善兵衛が首を横に振る。

「徳右衛門さんが仕事を辞めたろう。だから、別の親方の処へ預けたらしい」

「その方は、いまどこにいるんでしょう？」

「さあ、そこまでは知らないねぇ」

まだ幼い小僧が、甘酒を運んできた。

「ありがとう、小僧さん」

お瑛が礼をいうと、小僧はちょこんと頭を下げた。

湯飲み茶碗を両手で包むように持ち、ひと口すすった。冷え切った身体に染み渡るようだった。

「おいしい」

善兵衛が柔和な顔を見せる。と、表に目をやり、ほっと小さく声を洩らした。

「お瑛さん、雪だよ」

お瑛が首を回す。細かい雪が音もなく、降り始めていた。


くしゅっと、お瑛はくさめをした。

昨日、雪が降る中、急いで店に戻ったが、今朝はいくぶん身体がだるい。寒気もするので綿入れを着て、その上からも一枚羽織った。柚木から辰吉が届けてくれた、大好物のなまり節の煮物も食べる気がしなかった。

雪は、うっすらと積もっただけで朝には止んでいた。それでも向かいの家の屋根にはまだ残っている。それが陽を浴びて、きらきらと輝いていたが、溶け始めた雪が、軒先からぽたぽたとしずくになって落ちていた。

「大丈夫ですか？　今日は足下が悪いから、客足も鈍るはずですよ。横になって休んでいたらどうでしょう。後で、私が粥でも作ります」

直之が心配げにお瑛を見る。

お瑛は首をぶるぶると振った。

「そんなことまで直之さんにしてもらったら申し訳ないわ。今日の午後は、お父上の手習い塾の手伝いでしょう。あたしのことは気にしないでね」

「そうはいきません。熱が出るかもしれないですよ」

と、店の前に駕籠が止まった。

降り立ったのは、重箱を抱えた寛平だ。

「あら嫌だ、どうしたの、お瑛ちゃん。だるまさんみたいになって」

「昨日、雪の中、舟で帰ってきてから、寒気がするそうです」

直之が言うと、寛平は駕籠屋に銭を渡して、ものすごい速さで店座敷に上がり込んできた。お瑛と自分の額に手を当て、小首を傾げる。

「まだ熱はなさそうだけど、お医者さまを呼んだほうがいいかしら。それか、葛根湯くらいは置いてある？　それを飲んで、横になったほうがいいわ。ね、直之さんもそう思うでしょ？」

寛平の騒々しい声で熱が出そうだ。

「せっかくお重を持ってきたけど、食欲もないんでしょう。だけど、無理にでも食べないと元気が出ないわよ。じゃ、今日は泊まっていくわね。あたしが看病するから安心して休んでちょうだい」

なんだか妙に張り切っている寛平が怖い。

いつものことではあるけれど、直之は口を挟むことが出来ず、お瑛に視線を向け、苦笑している。

「寛平さん、すごく嬉しいけれど、たいしたことないから」

お瑛がいったにもかかわらず寛平は、お店番も交代でやりましょうね、と直之に膝を向けた。

「でも、なんだって雪の日に舟なんかだしたのよ」

「まだ、仕入れに行くときは空模様が怪しいと思えるくらいだったんです」

直之が助け船を出してくれた。

「じゃあ、昨日は遠くまで仕入れに行ったの？」

「指物師の徳右衛門さんの工房でしたよね」

寛平が、えっと叫んで、尻を浮かせた。

「長太郎の兄さんから、その人のこと聞いてるわよ。偏屈で頑固な職人だって。最後に残った奉公人も、無理やり追い立てたけど、その奉公人が――」

お瑛は、だるい身体を奮い立たせて、

「その奉公人の話、もっと聞かせて」

勢い込んでいった。

結局、熱は出ずに済み、二日もすると、すっかり具合がよくなった。

「あたしの泊まりがけの看病のおかげね」

寛平は鼻高々だ。こういう調子のよさが、少しだけ兄さんに似ている。そうだ。ふたりとも若旦那(わかだんな)気質だ、とお瑛はこっそり笑う。

お瑛が綿入れを着て立ち上がると、

「ちょっとお瑛ちゃん、どこ行くの？」

寛平が慌(あわ)てた顔で膝を回した。

「仕入れよ」

「やめてよ、今日だって陽はあるけど、寒いわよ。まだ長太郎兄さんが仕入れたものも残っているんでしょう。そんな無理をしなくても」

「なくなってからじゃ遅いでしょう？　あたしはまだ一度に沢山は仕入れられないし」

ねえ、と寛平が、眼を細めてお瑛を見上げた。

「まさか、徳右衛門さんの奉公人に会いに行こうと思っていないわよね」

えっと、お瑛は後退り(あとずさ)した。こんなときだけ勘がいい。お瑛は空とぼけた顔で、寛平の視線をはずす。

「図星ね。お瑛ちゃんはほんと隠し事が出来ないんだから」

「だって、気になるのよ。その奉公人……」

「六助(ろくすけ)さんよ」

「だから、その六助さんは、徳右衛門さんの処にまだこっそり行っているんでしょ？」

兄さんは、たまたま近くを通りかかった折にそれを見かけたのだという。六助は徳右衛門の家の前まで行っては中を窺(うかが)うようにし、徳右衛門が姿を見せると、さっと身を隠す。

それを見るに見かねて、長太郎が声を掛けたらしい。六助は徳右衛門が仕事を辞めても、側にいたいというのだ。

自分を拾ってくれたからだという。

六助の在所に若い男がやって来て、ほうぼうの家を回り、子どもを集めていた。江戸見物だと母親から聞かされ、七人くらいの子どもと一緒に、江戸に出た。結局それは嘘で、女児は岡場所、男児は香具師や旅の一座や、やはり岡場所に売られた。若い男は人買いで、自分は母親に捨てられたんだと、六助はいった。十の歳から深川の岡場所で下働きとして働いていたが、十五のとき酔客に絡まれた女郎を助け、その女に請われて、逃げた。

「けど、すぐに若衆に捕まって、女は連れ戻され、おれは半殺しの目に遭わされた。どこをどう歩いたかも記憶がねえが、気がついたら、親方の家にいた。それから十年世話になってる」

指物に興味などなかった。小さな鉋でちまちま木を削り、物差しとにらめっこ。

「けど、親方の作る指物はほんとにすげえと思った。ほぞとほぞ穴がぴたりとはまるのはあたり前だが、それだけじゃねえ、親方の思いがあるような気がしたんだ。下手に作れば、洟れちまうと親方は、ひと言いうだけだ。その意味がわからねえなら出て行けといわれ、幾人辞めたか。でも、おれは、育ててくれた恩だけじゃなく、親方のような指物が作りたい、親方の真(まこと)が知りたい。仕事は辞めても親方は親方だ。だからまだ側にいたいんだ」

そう、長太郎に訴えたという。

徳右衛門が仕事を辞めてからも長太郎が工房へ行っていたのは、六助のためでもあったらしい。工房に戻してやろうと、その機会を窺っていたのだ。お節介にもほどがある。けれど、あたしも似たようなものだ。

「だから、行ってくるわね。お店番、お願いします」

寛平は、頬に手を当て、

「やっぱり兄妹ねぇ」

やれやれとばかりに首を振った。

六

六助に会う事は出来たが、お瑛は困惑していた。店には戻らず、そのまま急ぎ神田川へと向かった。

六助が持たせてくれた物を徳右衛門に見せなくちゃいけない。

下駄で出てきてしまったお瑛は、途中で草鞋を買った。

舟に被せてあった菰は、解けた雪でぐっしょりぬれて重たかった。舟底には雪解け水が残っていたが、さほどでもなくほっとする。

風呂敷包みを乾いた処に置き、お瑛は草鞋に履き替えると棹を握った。


徳右衛門は、再びやって来たお瑛に眼を丸くした。

「兄貴も兄貴なら、妹も妹だな」

迷惑そうに顔をしかめる。

「どうしても、お話がしたいんです」

「こっちには話なんかねえよ」

「じゃあ、少し休ませてください。あたし、病み上がりなんです。ここまで舟を漕いできたから、疲れてしまって」

おいおい、と徳右衛門が止める間もなく、お瑛は三和土から板の間に上がり込んだ。

「ったく、困ったお嬢さんだな」

「あたし、お嬢さんじゃありません。『みとや』のお瑛です」

お瑛の強い物言いに気圧されたのか徳右衛門はなにもいわずに障子戸を閉めた。

しばらく黙って、火鉢に当たっていた。お瑛はどう切り出すか、ちらちら徳右衛門を窺う。横に置いた風呂敷包みもいつ解こうか考えていた。と、徳右衛門のほうがしびれを切らして先に口を開く。

「話をしに来たってのに、だんまりかい？　なら、ちょっと訊ねるが、引出しには何を入れる？」

急に聞かれても困るけれど、

「大きなものなら、着物や帯、小さな引出しには小物を入れます。思い出の品とか」

お瑛は応えた。

「ガキん頃の玩具かい？」

「いいえ、小さい頃の物はありません」

「何も残してねえのかい？」

「借金の形に、ふた親が営んでいたお店も家も取られてしまったので」

徳右衛門が顔を歪めた。

「あんたたち、親御さんを亡くしただけじゃなかったのかい」

徳右衛門の懐から抜け出た黒猫が、お瑛の膝の上に乗ってきた。

「ほ、珍しいこともあるもんだ。こいつがてめえからすり寄っていくなんてよ。そういや、あんたの兄さんにもなついてたな。あと、うちの――」

徳右衛門はそこで言葉を切った。

「この子に名はないんですか」

お瑛は、今にも寝入ってしまいそうな黒猫を撫でた。柔らかくて温かい。

徳右衛門は、ちょっと考えてから応えた。

「ずっと名無しの権兵衛だったんだがな。猫を猫って呼ぶのもなんだなと思ってよいろくってつけた、と酒を口に運んだ。

「黒猫の黒をひっくり返してな。それと鼠も取らねえから、ぐうたらのろくでなしの、ろくだ。結構、いいだろう?」

ろく――。

「ま、そんなこたぁいいやな。だからな、簞笥もそうだが、長持、鏡台、小引出し、文箱。入れる物は違っていても、そこにはよ――陳腐ないい方すりゃ、使う奴のいろんな思いが押し込んであるんだ」

晴れ着だってそうだろう? 花見、祭り、祝いの席、その着物を着たときにまつわる思い出がある。それごと引出しにしまっておくじゃないか、と徳右衛門がいった。

「あんた、懸想文はあるかい？」

お瑛は、残念ですけどありません、と肩をすぼめた。徳右衛門が口の端を上げる。

「あんたの兄さんは山のようにありそうだな。艶本や枕絵を引出しの奥に隠しているかもしれねえけど」

兄さんの物を整理したときには、そうした類の物は出て来なかったが、お瑛には大切にしている錦絵がある。駆け出しの絵師が描いてくれた、おっ母さんとあたしの画だ。それは、小引出しに大事にしまってある。

「何を入れるかは、そいつ次第だが、開けたくない引出しだってあるだろう。二度と見たくない、思い出したくないものが納めてあったりするからな」

猫はすっかり眠ってしまった。

徳右衛門さんは、何をあたしに伝えたいんだろう。やっぱり仕事に未練があるような、そんな気がした。

徳右衛門は、ふうと息を吐き、黙り込んだ。お瑛はじっとその姿を見つめる。

ぴしりと小さな音がした。はっとして、お瑛は視線を移した。

徳右衛門が、ちらとお瑛を見る。

「木の音だよ。時々ああして鳴るんだ。あいつらは伐られても生きてるからな」

徳右衛門が天井を仰いだ。

「ほぞとほぞ穴がきちりと納まるとな、ちょっとやそっとじゃ壊れねえ。けどな、おれは、ほぞ穴をしくじったんだよ。ほぞと組み合わせたとき、ほんのわずかな隙間が出来た。木にも申し訳ねえと思ったが、隙間が我慢ならなかったのさ」

だから、仕事を辞めると決めたんだ、と徳右衛門は口許(くちもと)を歪めた。

「洩れちまうからよ。引出しの中身が」

お瑛は心の中で呟(つぶや)いた。引出しの中に溜(た)めた思いがわずかな隙間から洩れてしまう。それは徳右衛門にとって、引出しの意味をなさない。だから、六助たち奉公人に向かって、そういっていたのだ。

その意味がわからなければ、出て行け——。

指物師として徳右衛門が絶対に譲れないことだったに違いない。職人の矜持(きょうじ)でもある。

「つまんねえ話、聞かせちまったな。許してくんな。おい、起きろよ、ろく」

徳右衛門が、猫に話し掛けた。

黒猫は、耳を動かしたが起きる気配はない。

「しょうがねえ奴だな。雄だから若いお嬢さんの膝のほうが気持ちいいんだろうが」

「あの、ひとつうかがってもいいですか？　兄さんにもいまの話、したんですか？」

いや、してねえ、と徳右衛門がいった。

「あんたの兄さんは、根掘り葉掘り訊くような男じゃなかった」

「すみません。あたし……」

「いいってことよ。おれが勝手に話したことだ。いつも猫相手だ。こんなに話したのも久しぶりだ。おれもやきが回ったな」

あの、余計なことですが、とお瑛は腹に力を込めて、徳右衛門を真っ直ぐに見つめた。

「こちらにいた六助さんが、在所へ戻るそうです」

徳右衛門が、いきなり眼を剝いた。

「なんで、あんた。六助に会ったのか？」

大きな声に、ろくがまた耳を動かした。

お瑛は傍らに置いていた風呂敷包みを引き寄せて、結び目を解いた。

「今日、あたしが仕入れた指物です。見ていただけますか？」

引出しが二段の小さな小物入れだ。

徳右衛門が腕を伸ばして手に取った。外側の合わせをじっくり見て、引出しを引く。

「六助さんが作ったものです。これが最後の指物だといっていました」

「最後だって？　冗談じゃねえ。これは、洩れねえ」

「この小物入れには、六助さんの、徳右衛門さんへの思いが込められているような気がしました」

徳右衛門は、じっと小物入れを見つめた。

「六助さん、親方の言葉がようやくわかった気がするって。物をしまうだけの道具じゃないって――。それと、いい辛(づら)いのですが、徳右衛門さん、眼がお悪いのでしょう？」

徳右衛門が押し黙る。

「眼のお医者に通っていると、六助さんが教えてくれたんです。もう、よくならないと告げられたことも」

先日お瑛が帰るとき、表に出てきた徳右衛門の眼がどこかぼんやりしていたのは、病のせいだったのだ。

「歳(とし)には勝てねえからな」

おれにはもう先を見ることはできない。前を向くほどの余力も残っていない、と自嘲(じちょう)気味にいった。

「そうでしょうか。六助さんは、まだ徳右衛門さんから学びたいことが沢山あるといっていました」

突然、徳右衛門が語気を荒らげた。

「そんな寝言をいってやがるから駄目なんだ。職人はな、親方や兄弟子の仕事を見て、技を盗むもんだ。六助はいい腕を持っている。おれの処にいたんじゃもったいねえから、追い出したんだ」

「にゃお」

と、ろくが急に目覚めて、お瑛から離れた。

徳右衛門は、ろくを抱き上げる。

「六助を迎えてくれる在所なんざねえ。あいつも親に捨てられた。口減らしで、売られたんだ」

お瑛は、怒りと悲しみがない交ぜになった徳右衛門の顔を見る。

「一昨日(おととい)、ここに来やがって、また置いてくれと土下座しやがった。あいつは、馬鹿(ばか)がつくほど真面目(まじめ)な奴だ。怒鳴られ、作った物を叩(たた)き壊されても、文句ひとついわず、おれの仕事を見ていた。おれは、指物一本で生きてきて、かみさんもいねえ、子もいねえ。挙げ句、眼をやられた。もう職人としては塵(ちり)みてえなものだ。それで、すっぱり辞めたんだ。だから、あいつを側に置いちゃいけねえ。たったひとりここに残ったあいつに、おれはもう仕事を見せることたぁできねえ。仕事を見せられねえ親方なんざ、見限って構わねえんだ」

なんで、そいつがわからねえ、あのすっとこどっこいが、と拳を握り締めた。

「職人はよ、作り続けなきゃ意味がねえ。おれが追い返した腹いせか？　拒んだから拗ねちまったのか？　甘っちょろい野郎だ」

鼻であしらうような物言いにお瑛は身を乗り出した。

「違います。六助さんは、自分の仕事を側で見てもらえないのが悔しいから、辞めるといったんです。指物は作れなくたって、まだまだ甘っちょろい六助さんを徳右衛門さんは叱り飛ばすことが出来ます。こいつじゃ、洩れちまうって。それに、六助さん、おれは親父ってもんを知らないからって、ちょっと照れくさそうな、寂しそうな顔をしました」

けっと徳右衛門は吐き捨てた。

「おれはあいつの親父じゃねえ」

「なら、なんで、猫にろくって名を付けたんですか？　誰が聞いたってわかります」

徳右衛門がむっと顔をしかめる。

「指物は、ほぞとほぞ穴を組み合わせるのですよね。釘も金具もなくたって、しっかり繋がる。ちょっとやそっとじゃ壊れないんでしょう？　六助さんを叱りながら、ふたりで作っていけるのに。徳右衛門さんの思いは伝えていけるのに。どうして、ふたりで意地張って後ろを向いちゃうんですか？」

お瑛は声を詰まらせた。徳右衛門が慌てる。

「どうした？　どうしたんだよ」

「兄は、もうこの世にいません。兄と一緒に、先を生きては行けないんです。だから、あたしは兄さんの話を聞いて回っているんです。あたしの知らない兄さんを知りたいと思って」

たぶん、あたしは心の中の引出しに兄さんを入れておきたいのだ。いつでも開いて、思い出せるように。

徳右衛門は、そうだったのかい、と呟いた。

「でも、あたしは背筋を伸ばして、しゃんと前を向いて生きていきます。舟は前にしか進まないから」

お瑛はぐっと唇を噛み締めた。

「あんたがこの間、前に進む舟が好きだといったのはそういう意味か」

徳右衛門が、ひとつ大きく息を吐き、お節介好きの兄妹だなとかすかに笑みを浮かべた。

「六助の塒（ねぐら）はどこだい？　お瑛さん、あんたの舟であいつの処まで送ってくれねえか？」

お瑛は眼をしばたたく。

「でも、あたしの舟は速いですよ。ろくも連れていくなら、振り落とされないよう、しっかり抱いて下さい。兄のように川には飛び込みたくないですから」

お瑛は、徳右衛門へ笑顔を向けた。

茄子(なすび)の木

一

年は明けたけれど、喪中だから、今年は新年のお飾りもお祝いもしていない。

もっとも、兄の長太郎がいたときも、松飾りと、裏店の人たちと銭を出し合って餅屋に搗いてもらった鏡餅を、ちょこんと置くぐらいのものだった。大晦日の晩は早目に店仕舞いをして、料理屋『柚木』に出掛けた。除夜の鐘を聞きながら、女将のお加津さんと夜通しおしゃべりをして過ごす。いつの間にか、しゃべり疲れて、どちらともなく眠ってしまうことがしばしばだったけれど、運良く日の出前に起きられれば、初日を拝みに行き、その年のよいとされる方角の寺社に恵方参りをする。

長太郎は毎年、柚木に出入りする芸者衆と大忙しだった。初日を拝みに江戸の東端の洲崎まで赴き、洲崎弁天に詣で、その足で恵方参りに行く。

柚木に戻ってきたときは、お屠蘇だかお酒だかがたっぷり入ったべろんべろんの酔っぱらいだ。お瑛が夜具を敷くのも待てず、高いびきをかいて眠ってしまう。

そんな兄さんの姿も去年が見納めだったのかと思うと、お瑛はなんだか切なくなる。

極楽とんぼで、能天気で、いつもあたしをからかってばかりいたけど、もうその声も聞けないのだ。鼻の奥がつんとして、眼の前が滲む。

ああ、駄目駄目——。

「泣くと、まぶたが腫れぼったくなるよ。もともと大福餅みたいな顔が、もっと膨らんで見える」

兄さんならそういうに決まっている。

こういうときには、

「なんでもかんでも三十八文。あぶりこかな網三十八文。枕、かんざし三十八文。はしからはしまで三十八文」

大声を出すのが一番だ。売り声ならどんなに大きくたって構わないもの。

揚げ縁に売り物を並べ終えると、お瑛は空を仰いだ。今日も清々しいほどいいお天気だ。

明るい色の半襟や帯締め。櫛も菜の花の意匠。うん、なかなかの品揃えだと、お瑛はひとり満足する。

とはいえ、少々困ったものも並んでいた。

湯婆と懐炉だ。梅も終わって、桃が咲く頃だ。めっきり暖かくなってきていた。

湯婆は犬張り子の形をしたのとかまぼこ形の陶器製のものがひとつずつ、懐炉は小判形の銅製のものが五つだ。両方ともに三十八文では破格の値だけれど、さすがにもう暖を取る陽気でもない。

春を待ちわびていたのに、急に寒くなったりしないかしら、とお瑛は勝手なことを思っていた。

「お瑛ちゃん、どうしたの？　ぼさっとして」

たすき掛けをした寛平が、朝餉(あさげ)の膳(ぜん)を片付けながら声を掛けてきた。

「ぼさっとしているわけじゃありません。湯婆と懐炉を売るにはどうしたらいいか、考えていたの」

寛平が笑う。

「そうねえ、こう暖かくなるとねぇ」

寛平は、二日前から『みとや』に泊まり込んでいる。

隣町で、ちょっと不思議な忍び込みが続いているせいだ。一昨日(おととい)、このあたりの見廻りをしてくれている八坂与一郎さまが教えてくれたのだ。八坂さまは北町奉行所の定町廻り(じょうまちまわ)りだ。ちょうどそこに居合わせた寛平が、それは心配だからと、居続けている。

不思議な忍び込みというのは、

「夜でなく、昼間が多い。裏口から入って、食い物や小銭を盗んでいきやがるんだ。家の者に見つかると、悪びれもせず、もらってもいいかと訊ねてくるんだそうだ」

八坂も首を傾げながらいった。

「そんなの、駄目に決まっているじゃない、図々しい。なんで番屋に突き出さないの？」

寛平が言い捨てると、八坂は、そうなんだがなぁ、と髭の残った顎を撫で、

「婆さんなんだよ」

と、渋い顔をした。

「お婆さんが忍び込みをするんですか？」

お瑛が眼をしばたたいた。

「うむ。着ているものもボロじゃねえ。髪もちゃんと結い上げているって話だ。もちろん、刃物なんて物騒なものも持っちゃいねえ」

たしかに、妙な忍び込みだ。

「ただ、小銭とか食い物をちょこちょこと盗るだけなんで、入られたことに気づかねえ家もあるらしい。その婆さんがいくつ忍び込みをしたのか、まったくわからねえときてる」

家の者とばったり遭遇したときには、心張り棒をちゃあんとかけろとか、障子の破れ目があると中を覗（のぞ）かれるとか、生け垣はあまり高くすると、かえって盗人（ぬすっと）が隠れやすくなるとか、いろいろ小言をいっていくのだという。

「やあね、自分が盗人のくせに偉そうに説教たれるなんて」

寛平が、八坂に茶を出しながらいった。

「だから入り込まれた家の中には、ちっとばかり感謝して、茶菓子まで出してもてなして帰すのもある」

「あらま、盗人にお茶菓子？　どこの婆さんだかわからないの？」

寛平は自分でも茶を啜（すす）る。

「皆目分からねえ。誰も訊ねたことがねえし、神出鬼没の婆さんなのさ」

神出鬼没の婆さん、と八坂が真面目（まじめ）くさった顔でいったのがおかしくて、お瑛はくすりと笑みをこぼした。

「こらこら、人が親切に教えにやってきたってのに笑うこたぁねえだろう」

八坂がむすっとした顔をした。

「ごめんなさい」

「まあ、あんたんとこも、夜はもちろんだが、店をやってるときにも、裏口の戸締まりを忘れちゃだめだぜ。婆さんとはいえ盗人には違いねえからな」

八坂は、そういって踵を返したが、不意になにかを思い出したのか、ぽんと手を打ち、懐から、なにかを取り出した。

人相書きだ。

八坂が差し出したのを、寛平が先に手を伸ばして、受け取った。

「あら、なんの特徴もないお婆さんね」

寛平が首を傾げた。お瑛はその手許を覗き込む。顎が細くて、目尻が垂れて、口許に皺があって、額にも皺。どこにでもいそうなお婆さんだ。ただ、右の目尻に小さな泣きぼくろがあった。人の物を盗むような、悪人顔でも貧しい感じでもない。そこそこお金を持った隠居というふうだ。どことなく品もある。

「これじゃあ、探索も大変そうね。悪人面もしていないし」

「しようがねえよ。その婆さんと茶飲み話をした奴らから聞き込んだ話を基に描いたんだ。皆、その婆さんを悪くいわねえから悪人面にもならねえ。小せえが、その泣きぼくろぐれえだな」

お瑛は首を傾げつつ、八坂に訊ねた。

「悪くいう人がいないのなら、捕まえなければいいんじゃないですか？」

「そうはいかねえよ。ちっとは盗みを働いているんだ。些細だとしても悪事だ。手癖が悪いのは困りもんだ」

だけど、とお瑛は眉をひそめた。

「お歳は、六十歳ぐらいですか？」

「まあ、そんなものだろうな」

八坂が困った顔をする。

「だからよ、どうしてそんな真似をしているのか質して、訓諭するくれえだな。さすがに、お上も年寄りを牢送りにはしねえと思うが」

よかった、とお瑛はほっと安心した。

ああ、そうだと、八坂がお瑛の顔を見ながら、もうひとつある、といった。

「茄子がどうとか、いっていたようだ」

「茄子？」

お瑛と寛平は顔を見合わせる。

「茄子が食いたいのか訊くと、そうじゃねえという。茄子といって、胸のあたりを叩くんだそうだ」

「変な判じ物ねぇ」

寛平は人相書きをしげしげと眺めた。

「番屋にも裏店の差配たちにも、人相書きを渡してある。このあたりを似たような婆さんが通ったら番屋へ報せてくんな」

「承知しました」

お瑛が頭を下げると、八坂は、「じゃあな、『みとや』の看板娘」といって去って行った。

寛平は店座敷から身を乗り出して、八坂の背を見送りながら、「看板娘ですって。お調子いっちゃってさ」と、ぷりぷりしている。

「いいじゃない、寛平さん、本当のことなんだから」

お瑛がまんざらでもなさそうな顔つきで、揚げ縁の品を並べ替えつつ返した。

「駄目よ。調子のいい男には気をつけなきゃ。だいたい、あのお役人、お瑛ちゃんと十は歳が違うわよ。ひとり身かどうかもわからないじゃないの。あたしは、あんたの兄さん代わりなの。変な虫がついたら、長太郎さんに――」

寛平はきりりと顔をひきしめて、

「申し訳が立たねえ」

急に低い声を出した。ときおり男っぽくなるのが面倒くさい。自分なりの決め台詞のときだけのようだ。はいはい、わかってますと、お瑛が軽くいなすと、あたしは真面目にいってるのよ、と寛平は急に眼をうるませた。

「だからね、お瑛ちゃんのお婿さんは、あたしが吟味に吟味を重ねて選ぶから安心して」

人相書きを膝の上に置いて、懐紙でぶしゅっと洟をかむ。

そういえば、兄さんもそんなことといってたっけ、とお瑛は微笑む。あたし、男の人を見る眼がないって思われているのかしら。

「ともかく物騒だから、あたしが幾日か泊まってあげるからね」

物騒というなら、娘ひとりの家に男が泊まるほうが、端からみれば物騒な話だ。けれど、ご近所の人たちも、寛平さんのことは兄代わりと思ってくれているので、変な噂も立たずに助かっている。

だいたい、寛平さんと妙な噂が立つのはご免被りたい。もちろん、ひとりぼっちになってしまったあたしのことを本当に心配してくれるのは感謝しているけれど……。

そんなことがあって、寛平は泊まっていたのだが、今日の朝になって、

「ごめんね、お瑛ちゃん、あたし、一旦、家に帰るわね。お店のことも気になるから。あの忍び込みのことも伝えておかないといけないし」

そういつつ衝立の陰でいそいそと着替えを始めた。

「裏口はきちりと閉めてあるから大丈夫よ」

「わかりました。ありがとうございます」

「もう、他人行儀な返事して。あたしはお瑛ちゃんの兄さん代わり。お里は姉さん代わり。もっと甘えていいんだから」

　お里は寛平の女房だ。

「店仕舞いの前にはまた来るからね。お里の作ったお菜を詰めて」

「いつもすみません。お里さんにもあたしったら、いつもお礼をいうしかできなくて」

「ほらほら、またぁ。長太郎兄さんと同じでいいのよ。遠慮はなし」

　寛平はちょっと不機嫌に唇を曲げた。そういわれても、どんなふうに甘えるのが、兄さんと同じになるかなんてわからない。図々しくいろんな事を頼むわけじゃないし、なんでも隠さず話すわけでもない。申し訳ないけど、すごく仲良くなっても、親身になってくれても、寛平さんは兄さんじゃない。

「じゃあ、お瑛ちゃん、あたし戻るわね」

　寛平が羽織を着て、揚げ縁の脇から表に出たとき、

「お瑛さん、寛平さん、おはようございます」

はつらつとした声がした。

二

「あら、直之さん、おはよう。ちょうどよかったわ。あたしこれから、お店に帰らなくちゃならないの。お瑛ちゃんをよろしくね」

寛平は直之の返事を聞くこともなく、早口でいうと、

「お瑛ちゃん、それじゃね」

内股ですたすたと去って行った。

「相変わらずですね、寛平さん」

直之が寛平の背を眼で追いながら苦笑する。

昨年の暮れに元服の儀を柚木で行った。前髪を落とし、裃を着けた直之は立派な若侍だった。

烏帽子親は、ご隠居さまと皆に呼ばれている森山孝盛さまが務めた。森山さまは、元御先手鉄砲頭で火付盗賊改方の御頭を兼任していた、とてもお偉い方だ。

お瑛は、あらためて直之のまだ青々としている月代を見て、慌てた。

「ごめんなさい。直孝さんだったわね。寛平さんったら、直之さんって」

直之は元服して名を直孝に改めた。「孝」はもちろん、ご隠居さまの孝盛の一字をいただいたものだ。直之の父、道之進が「身に余るお心遣い」と、涙した。

「いいんです。月代同様、私もまだ慣れていませんし、父もお花さんも、直之と呼んでから、いい直していますから。でも、前髪がなくなるだけで、こんなに額がすうすうするとは思いませんでした」

直孝は額を撫でた。

「直さんって呼べば間違いないわね」

お瑛がいうと、

「長太郎さんには、そう呼ばれていました」

直孝が笑みを浮かべた。

「そういえば、会ってすぐに兄さんは直さんって呼んでたような気がする」

そうですね、と口にした直孝が、はっとして、申し訳なさそうに眼を伏せる。

「気にしないでいいわよ。それで今日は、いつまでお店番してもらえるの？」

お瑛は気を取りなおすように声を出した。

「ええと、八ツ（午後二時頃）から『はなまき』の掃除をお手伝いすることになっていまして」

お瑛は眼をしばたたく。

はなまきは、総菜屋だ。煮物や焼き物、佃煮、煮浸し、なんでも四文で売る、四文屋である。

「お花さん、はなまきを再開するのね。またこのあたりが賑やかになるから助かるわ」

直孝が頷いた。

「本当は年明けに始めたかったようなんですが、手習いの子どもたちが以前より増えまして、そちらが忙しかったようです」

「まあ、手習い塾も大流行りなのね。それはよかったじゃないの」

それが、と直孝が苦笑した。

「この頃、子どもたちを連れてくるのは、仕事へ行きがけのご亭主が多くなって。お花さん見たさのようなんです。お花さんが、子どもたちを迎えに出てくるので」

ぷっ、とお瑛は噴き出した。人の女房になっても、お花人気は相変わらず、というより男の人ってしょうがないと呆れるばかりだ。

「なら、お昼までに帰って来るようにするわね。だとしたら、近くにしないと……」

お瑛は、仕入帖を繰る。

直孝は店座敷に上がり込み、『みとや』の半纏を羽織りながら、顔を曇らせた。

「お瑛さん、もう長太郎さんのことを追うのは、お止めになったらどうでしょうか？」

えっと、お瑛は顔を上げた。

「余計なことかもしれませんが、お瑛さんを見ていると哀しくなります。たしかに、長太郎さんを突然亡くされたのですから、わかります。けれど——」

直孝が顔を伏せた。

直孝のいうことは、お瑛自身も感じていることだ。兄さんはもういない。その影を追いかけたって、もとの暮らしが戻ることはないのだ。

「ありがとう。でも、いまは好きにさせて。兄さんがどんなふうに仕入れをして、どんな人たちと会ってきたのか、知りたいの。あたしにとって、それは商いを学ぶことになるかもしれないでしょう？」

お瑛は直孝を見つめた。

直孝が店座敷にかしこまる。

「兄さんと一緒に始めた『みとや』だけど、あたしがあたしなりの商いが出来るようになったら、もう兄さんのことは追わない。あたしひとりでも頑張れるようにきっとなるから」

ひとりではありませんよ、と直孝がぼそりといった。

「私も、寛平さんもいます。柚木のお加津さんだって、森山さまだって。お瑛さんの周りにはたくさん。それは、長太郎さんとお瑛さんがともに作り上げてきた『みとや』の身代みたいなものですから、ひとりでもなんていわないでください」

直孝が珍しく強い口調でいった。お瑛が眼を丸くしていると、直孝が言葉を続けた。

「いっていることが矛盾していますね。ただ、みんな同じなんだと思います。誰も長太郎さんのことを忘れることなんか出来ませんから。そりゃ、お瑛さんにはかないませんけど」

「うん」

お瑛は素直に頷いた。

「もっと、頼ってくださっていいんです。皆さん、そう思っているから」

「ありがとう、直さん。あたし、たぶん十分皆を頼っているから安心して……っていうのも妙な言い方だけど」

「差し出がましいことをいいました」

よし、とお瑛は風呂敷を手に持った。

おやと、直孝が人相書きに眼を留めた。

「これは？」

お瑛は土間に降り、草鞋をつけながらいう。

「八坂さまが置いていったの。忍び込みですって」

「このお婆さんが？　信じられませんね」

お瑛は紐を結びながら、八坂から聞いたことをざっと話した。

「お店の物を堂々と持っていきはしないと思うけど。もしも見かけたら番屋に報せてくれですって」

「わかりました。でも、このお婆さん、本当に盗人でしょうか。病のせいとか」

直孝の意外な言葉に、お瑛は紐を締める手を止めて、振り返る。

「父が住んでいる家の近くにいるお爺さんなんですが、卒中で倒れたんです」

命は助かったが、家族の顔がわからなくなったり、記憶が途切れ途切れになったり、
少し右手が不自由だが、足は丈夫なのでどこへでも行ってしまうのだという。

「家族もまったく知らないお宅に入り込んで、お茶など馳走になっていたこともある

のだそうです。聞けば、そこは、そのお爺さんが若い頃住んでいた町だったとかで」

「じゃあ、そのお婆さんも病で、以前行ったことのあるお宅を回っているってこと？」

考えられますね、と直孝がいう。

「でも、裏口から入って、盗みを働いているのよ」

「そもそも盗みとは思っていないのかもしれませんよ。お婆さんにとっては、これまでの近所づきあいみたいなものだと」

「小銭や食べ物を黙って持っていくことが？」

うーん、それはと直孝が首を傾げた。

「あと、茄子という言葉もわかりませんよね」

そうねえ、とお瑛も小首を傾げる。

「なんで、茄子なのかしらね。でも、盗みをしているのは本当みたいだし、気をつけるに越したことはないから。それにもし捕えられても牢送りにはならないだろうって八坂さまもおっしゃっていたし。あたしはそれが心配だったのよね」

「承知しました。私も気にかけておきます」

「それじゃ、あたし、行くわね」

と、直孝が揚げ縁の上の品へ視線を移した。

「お瑛さん、この湯婆と懐炉なんですが、真ん中に置くのはどうかと思いますけど」

「やっぱり、そうかしら」

三和土から表に出ようとしていたお瑛は、足を止めた。

「仕入れたときは、まだ松飾りも取れていませんでしたから、ちょっと寒さが残っていましたけど、すぐに春の陽気になってしまいましたからね。これは売れませんよ」

だって、とお瑛は肩をすくめた。

「雪も降ったじゃない？ 二月に」

長太郎が生前懇意にしていた小間物屋で、売れ残った湯婆と懐炉を安く仕入れてきたのだ。

鶯が鳴いてから雪が降った。これは寒さが続くと思って出したのだが、雪が解けたら、陽射しは春真っ盛りになった。

「ほら、でもね、直さん。寒がりの人もいるから、売れるかもしれないし。それに次の冬のために買っておいたらどうですかって、ね。直さんの売り方次第で、いくらでも」

お瑛が懸命にいうと、直孝が含み笑いを浮かべる。

「どこかで聞いたふうだなぁと思ったんですが、長太郎さんそっくりですよ」

えっ、とお瑛は慌てた。

「しっかり商いの仕方、学んでいるんですね」

「んー皮肉にしか聞こえない」

直孝をきゅっと睨（にら）んでから、笑った。

いつの間にか兄さんみたいな言い訳しているなんて。妙な物を仕入れてきたとき、兄さんを責めていたけど――。うんうん、なるほど、兄さんもこんな気分だったのだ、とお瑛は得心しながら、表に出た。

陽が眩（まぶ）しくて、お瑛は思わず手をかざした。

三

お瑛は『みとや』のある茅町から、まず柳橋へと向かった。

柚木で辰吉と話をしてから、仕入れに行こうと思っていた。このごろ、辰吉が屈託を抱えているようなのだ。ただ、会うたびに「なんでもねえよ、それより猪牙舟（ちょきぶね）勝負をしようぜ」と、相変わらずで肝心な事は口にしない。

柚木のお加津さんも、舟を利用している常連のお客さんから、「辰吉の元気がない」といわれているようなのだ。

「お瑛ちゃん、辰吉さんに訊ねてみておくれな」

と、頼まれただけでなく、辰吉に元気がないのはお瑛も気掛かりだ。

お瑛は柚木の裏口に回った。

辰吉が自分の猪牙舟に乗って、ぽかんと空を眺めている。

「猪の辰！　ぼうっとしてどうしたの？」

辰吉がびくんと肩を震わせて、振り返った。

「なんだよ、お瑛さん、驚かすない」

「驚かすつもりはなかったんだけど」

ちぇっ、と辰吉が舌打ちした。

お瑛は桟橋に近づくと、お客が舟を待つ縁台に腰掛けた。

「なにか、あたしに話したいことがあったんじゃないの？」

「え？　ああ、もういいんだ」

「もういいって、気持ち悪くない？」

「べつに気持ち悪くはねえだろう。もういいってんだから、いいんだよ」

辰吉がそっぽを向く。

「水臭いわね」

お瑛は舟に近づくと、辰吉の前に乗り込んだ。舟が揺れて、たぷんと水音が立つ。

「なんだなんだ。おれの舟に勝手に乗り込むんじゃねえよ」

お瑛は、舟を見回した。船縁(ふなべり)も舟底もささくれひとつない。

「きれいな舟ね。いつも手入れをしているのね」

「あたりめえだろう。お客を乗せるんだ」

ふうん、とお瑛は感心しながら、船縁を撫でる。つるりとして、木の肌が気持ちいい。

「いつも、ありがとうね、辰吉さん」

「なんだよ、藪(やぶ)から棒に。おれはなにもしてねえぜ」

ううん、とお瑛は首を横に振った。

「兄さんが亡くなってから、皆であたしのことを心配してくれているでしょう。辰吉さんも、さりげなくあたしを励ましてくれるじゃない? 猪牙舟勝負をしようってしょっちゅういうのも、そうなんでしょ」

お瑛は笑いかけた。辰吉は首にかけた手拭(てぬぐ)いを取って、顔をぬぐった。

「いや、そいつは違うよ。おれは、お瑛さんと本当に勝負がしてえだけだ」

実はよ、頼み事があるんだと辰吉が下を向く。

「なによ、やっぱりなにかあるんじゃない」

「こいつは、女将さんには内緒にしてくれ。船頭仲間の約定だ」

船頭仲間の約定って、あたしはどういう立場なのだろう。まあでも、と辰吉の話に耳を傾ける。

「鳶の親方で、才蔵ってのがいるんだ」

大店や武家屋敷の普請も請け負っている本所の鳶頭だという。そこの手下に、辰吉の昔の船頭仲間が絡まれて、大喧嘩をした。

「どうして喧嘩になったの？」

ちゃんといえば喧嘩ではない。一方的にやられただけだな、と辰吉がいう。

「ふたりの鳶が、舟で吉原に乗り込もうとしたんだ」

すでにふたりはもうかなり酒が入っていたらしく、煙管を取り出して煙草を服み始めたが、大きな荷船が脇を通ったとき舟がわずかに揺れ、火が落ちた。それが、ひとりの若い鳶の羽織に穴を開けてしまったのだ。

「おれの一張羅をどうしてくれる」

と、大騒ぎになり、怒りの収まらない相手に辟易した船頭が舟を岸に着けた途端に
ひきずり下ろされ、殴る蹴るの目に遭った。

「酔ったふたりと、ひとりだ。さんざんいたぶられてよ。次郎助っていうおれの幼馴染みなんだ。腕と胸の骨を折られて、しばらく舟なんざだせねえ」

悔しいったらねえ、と辰吉は怒りをあらわにした。

船頭仲間たちは、ふたりの素性を船宿で聞き、鳶頭の元へ乗り込んだ。

しかし、頭の才蔵は、舟を揺らした船頭の腕が悪い、そっちこそ羽織の代金を払えと、まったく話がつかなかったのだ。

「いうにことかいて、骨なんざほっときゃくっつくといいやがった」

そんな、酷いとお瑛は眉根を寄せた。

「それじゃ、次郎助さんは」

「寝たっきりだ。医者代はなんとか仲間内で出し合ってるが、おっ母さんと妹を抱えてよ、暮らしを支えているのはあいつの稼ぎなんだ。あいつが舟を漕げなくなったら、大変だ」

くそっと辰吉は船縁を拳で叩いた。

お役人に訴えたらいいじゃないの、とお瑛はいった。

辰吉が首を横に振る。

「鳶の奴らは、町の夜回りとかもやっていやがるから、番屋とも役人とも顔見知りだ。訴えも取り上げちゃくれねえ」

だから、森山のご隠居の力を借りたいと思ったのだという。

「それをお瑛さんに頼みたかったが、そんなことはしちゃいけねえと考え直したんだ。お武家の偉いお方を町人の喧嘩騒ぎに引っ張り出すなんて、申し訳ねえし、卑怯（ひきょう）な気がしてよ」

たしかにご隠居なら、なんなく解決してくれるだろう。

「それによ、血の気の多い奴らだ。間に入ったお瑛さんにまで迷惑をかけることになるかもしれねえだろ？　女に助けてもらったと騒ぎ出すに決まってる。そいつも癪（しゃく）だ」

辰吉はむっと唇を歪（ゆが）めた。

「男の意地ってわけ？　そんなのどうでもいいことだけど」

でも、辰吉のいう通り、ご隠居さまの手を煩（わずら）わせるのは少々気が引けるし、偉い人を利用するのでは、鳶の人たちと同じになる。辰吉は、そこも嫌だったのだ。

「だから、いいんだ。おれがなんとかする」

「なんとかって、どうするの？」

「もしなにか揉め事を起こして柚木の女将に迷惑をかけたら、安房に帰ればいいだけだからよ、と辰吉がいった。

「それは、茂兵衛さんにいわれたの？」

　辰吉が頷いた。

　茂兵衛は辰吉の祖父だ。船大工として、柚木の舟の修理や修繕を任されていたが、歳を理由に、かつての弟子がいる安房へ越したのだ。一時、辰吉と母親も安房へ旅立ったが、やはり舟を押したいと、江戸へ戻った辰吉は柚木の雇われ船頭になった。

「だからよ、柚木をやめて、いっそ鳶の奴らに喧嘩ふっかけて、安房に戻ってもいいと思っている」

　思わずお瑛は身を乗り出す。

「そんなの駄目よ。短気をおこしたら、辰吉さんが損をするだけ」

「次郎助は、同じ長屋で一緒に育ったんだぜ。あいつのおっ母さんの乳が出ねえとき、おれのおっ母さんが乳をやったんだ。幼馴染みというより乳兄弟なんだよ」

　辰吉が声を荒らげた。

「ごめんなさい。でもやられたからやり返すなんて考え方はよくないと思うの。たぶん、その次郎助さんだって、そんなこと望んでないんじゃない？」

お瑛が訊ねると、辰吉がふんと鼻から息を抜いた。

「だからってなにができるか、あたしにもわからない。でも、どうしたいの、辰吉さんは？」

お瑛は辰吉を見つめた。

「どうなれば、収まるのかしら？　養生する間のお金がほしいの？」

辰吉は、しばらく考え込んでいたが、急に舟から下り、

「わっかんねえよ」

そういって、手拭いを肩にかけ、柚木に入ってしまった。

お瑛は、辰吉を引き止めることはしなかった。

鳶頭の才蔵――。

お瑛も続けて舟から下りる。誰か、いい知恵を出してくれる人はいないかしら。

仕入れは、あまりうまく行かなかった。訪ねた籠屋も瀬戸物屋も売れ残りが二、三あっただけで、履物屋では草履が一足だけだ。

お瑛は少し気分を落ち込ませながら、帰路についた。陽は中天に差し掛かり、憎ら

しいくらい輝いていた。

歩いていると、汗が滲む。

両国橋のあたりまで来て、お瑛はぼうっと佇んだ。多くの人が橋の上を行ったり来たりしている。お瑛は、ふた親を奪った永代橋の崩落事故から、大川に架かるどの橋も渡ることができない。

もう橋が落ちるなんて不幸な事故のことは誰もが忘れている。あたしはいまだに足が竦んで渡れないというのに。

橋は、離れた陸と陸とをつなぐもの。商いに行ったり、来たり、人に会いに行ったり、来たり……暮らしに欠かせないものなのだ。

お瑛は踵を返し、両国の広小路へ足を運んだ。長太郎がよく買ってきてくれた煎餅屋がある。

店番をしていてくれる直孝とおやつに食べようと思った。甘醤油を塗った薄焼き煎餅で、何枚でも食べられてしまう。

煎餅屋は間口の小さな店だが、眼の前で主人が次々煎餅を焼き、刷毛で甘醤油をさっと塗るのも客の目を引き、香ばしいかおりが、鼻をくすぐる。

皆、美味しいのを知っていて、行列が出来ていた。中には、お武家も交じっている。

と、店の奥で大きな物音と怒鳴り声がした。

煎餅を焼いていた主人も、慌てて奥へすっ飛んで行った。並んでいた客もざわめき出す。奉公人は顔を強張らせながら、「なんでもありません」と、首を伸ばして中を覗き込む客たちをなだめる。

「こんなところで何をしてやがる、ええ？　また悪さをしやがったのか！　家ン中でおとなしくしてろっていってるだろう！」

「ちょっとちょっと、あなたお年寄りにそんな乱暴なことをしちゃいけませんよ」

店の表まで出て来たのは、半纏を着た四十がらみの男に腕を摑まれた老婆と、その横であたふたしている店の主人だった。

「痛いよ、離しておくれよぉ」

老婆がもがいた。

「うるせえ、黙って歩け」

「痛いっていってるだろう」

老婆は、摑まれていないほうの腕で、男の胸元を打ち叩く。

「やめやがれ。ほんとに世話を焼かせやがる婆だ」

「待ちなさい。痛がっているじゃありませんか。その手を離しなさい。だいたい、あなた誰なんです」

店主が男の肩に手をかけた。男は、その手を打ち払い、大きく舌打ちした。

「余計なお節介するんじゃねえ」

客たちは、男の剣幕に恐れをなしているのか、成り行きをただ見守っているだけだ。

「わかんねえのかい？　この婆はおれの母親だ。てめえの母親をどう扱おうと勝手じゃねえか」

「母親！」

店主は眼を白黒させた。

「店ぇ騒がして、済まなかったな。こいつで勘弁してくんな」

男は、袂に手を入れると、店主の手に銭を握らせた。

「あのちょっとちょっと」

止めるのも聞かず、男は老婆の腕を強く摑んだまま、引きずるようにしていった。

お瑛も並んでいた客も茫然とその様子を見つめていた。

「もう！　ここのお店でお茶を飲んでいただけだよ。離せ。痛いんだよ」

「うるせえ！」

一瞬、老婆の顔が救いを求めるように、お瑛に向けられた。

右の目尻に泣きぼくろ――。
お瑛の脳裏に人相書きが浮かんだ。忍び込みのお婆さんに似ていた。

四

表に出てきたとき、男が口にしたのは、母親という言葉だった。ということは、老婆を無理やり引っ張っていく男が息子。お瑛は、男の背を見つめた。丸に才の字が染め抜かれた半纏を着ている。さっき辰吉がいっていた鳶？

と、いきなり老婆が暴れ出した。

「かどわかしだよ。助けておくれ」

金切り声を上げて、男の手の甲に爪（つめ）を立てた。

「なにしやがる、このくそ婆。てめえの倅（せがれ）もわからねえのか」

「あたしの倅は、こんなに歳を食っちゃいないよ。こいつは嘘（うそ）つき男だ。かどわかしだよ、誰か助けておくれよ」

「黙れよ、おっ母さん。もうやめてくれねえか！　みっともねえ。家に帰るんだよ」

男がぐいと手を引いた拍子に、老婆の下駄（げた）の鼻緒が切れた。老婆が足をもつれさせ、そのまま膝をつく。

お瑛は思わず駆け寄っていた。

「下駄が」

拾い上げた下駄をお瑛が差し出すと、

「すまねえな、娘さん」

男は陽に焼けた浅黒い顔に笑みを浮かべた。お瑛はすこしばかり驚いた。意外なほど優しい表情になったからだ。

男は、受け取った下駄を懐に突っ込んだ。

地面に膝をついたまま、老婆はぶつぶつとなにか呟いている。

お瑛は老婆を立たせようと近寄ったが、

「娘さん、ほうっておいてくんな」

先ほど見せた表情とは打って変わった険しい声が飛んできた。

「でも、お召し物が土まみれです」

「しょうがねえさ。転んじまったんだ」

男が老婆を見下ろす。お瑛は、ほんとうに息子なのだろうかと、疑った。向けた視線の中にわずかだが、暗い光があったからだ。

お瑛は男を下から強く見つめる。

「なんだえ。まだなにかいいたそうな面ぁしてるぜ」

男が半眼でお瑛を見返してきた。

お瑛が黙っていると、

「用がねえなら、もういくからな」

男は突然その場にしゃがみ込んだ。

「ほれ、おっ母さん。乗んな」

老婆はよろよろと立ち上がり、男の背にすがるように、その身を預けた。

さっきまで、あんなに怒鳴り散らしていたのに——。

「いいか、いくぜ」

老婆を背負った男は両国橋のほうへ歩いていく。往来の者たちが、ふたりに道を空けるように、脇へそれる。ふたりの姿は孝行息子とその母親のようにも見えた。

お瑛の足は、いつのまにか、その後を追っていた。

「あの」

男が立ち止まって、振り返った。

「ああ？　なんだえ」

「もしかして、鳶頭の才蔵さん、ですか？」

男がお瑛を睨んできた。お瑛はその強い眼に、肩をすぼめた。

「それが、どうかしたかえ。娘さん。おれが才蔵だったら、なんだっていうんだ？」

お瑛は返答に困った。

ここで辰吉の話を持ち出したら、どうなるんだろう。

「娘さん、たしかにおれぁ才蔵だ」

あの、あの、とお瑛はいい淀む。才蔵は老婆を背負いなおして、歩き始めた。

「あの――」

お瑛を無視して、才蔵はすたすたと歩く。母親は才蔵の背で、なにか鼻歌を唄って、ご機嫌そうだ。

なんだか不思議だった。お婆さんは、息子の背中で安心しきった顔をしている。まるでだだっ子が親に甘えるような姿だ。

歳を重ねると童に返るというけれど、本当のことなのかもしれない。それに、あのお婆さんは、きっとなにかの病を抱えている。

煎餅屋にいたのも、たぶん忙しい店の者の眼を盗んで入り込んでいたのだ。

そこに罪の意識なんかまるでない。

「おまえ、腹は大丈夫かえ？　寒くないかえ？」

不意に老婆が口を利いた。

「なにいってるんだよ。ガキじゃあるめえし。それにもう春だぜ。桃の花が咲く頃だ」

「ああ、そうかえ。そいつはよかった」

才蔵は、背の母親と話をしながら、両国橋を渡ろうとしている。お瑛は、小走りになった。

「才蔵さん」

才蔵が再び立ち止まる。

「いいたいことがあるなら、さっさといいな、娘さんよ」

少し呆れながら、お瑛に首を回した。

「お役人が――」

才蔵が一瞬眼を見開いた。が、すぐ口許を歪め、歩き出す。

お瑛は大きく息を吸った。人相書きが出回っていることを伝えたほうがいいのか迷っていた。

でも、才蔵の足はもう両国橋にかかっていた。大川の橋を渡れないお瑛はこれ以上先へは進めない。身体がかたくなって、動けない。才蔵と母親の姿が、橋を行き交う人々の中に消えて行く。

お瑛は唇を嚙み締めて、その場に立ちつくしていた。


「直さん、遅くなってごめんね」

お瑛はどっと疲れた顔で、風呂敷包みを店座敷に下ろした。

「お疲れさまでした。今日はいかがでしたか」

ううん、と首を横に振って、草鞋を脱ぐ。

「瀬戸物屋さんも籠屋さんも、あまりいい物がなくて。味噌こしと笊が三つずつ。それと草履が一足」

「でも、日用の品は売れ筋ですから。味噌こしと笊を合わせて、三十八文で売りましょう」

お瑛は頷きながら、息を吐いた。

「直さんは頼りになるわね」

そういって、お瑛は座り込んだ。

「お瑛さん。顔色がよくないですよ」

「んーいろいろありすぎて、困ってしまって」

お瑛は置いたままになっていた人相書きを手にした。目尻の小さな泣きぼくろ。やっぱりこのお婆さんだ。

まさか、辰吉さんの幼馴染みに怪我を負わせた鳶たちの頭のおっ母さんだったなんて、にわかには信じられない偶然だ。

もう話を聞いてくれる兄さんはいない。だけど、あたしひとりでは、いい案も浮かんでこない。

お瑛は堪えきれなくなって、「直さん」と、身を乗り出した。そのとき、

「お瑛ちゃん、ただいま」

寛平が風呂敷包みを掲げながら戻って来た。

「お里から今夜のお菜よ。あらあ、今日の仕入れはこれだけ？」

「そういう日もあるんです」

お瑛は力なくいった。

「朝と違ってすっかり元気がないじゃない。仕入れがうまくいかなかったから？」

「そうじゃなくて」

お瑛がもじもじしていると、

「遠慮なく話してください」

直孝がいった。

「じゃ、寛平さんも早く座って。いまから、ふたりの知恵を借りたいの」

「なになに？　知恵ならまかせといて頂戴」

寛平がかしこまりながら、とんと胸のあたりを叩いて、咳き込んだ。

お瑛はあからさまに眉をひそめた。

なんだか頼りなげだけど、こんなことあたしだけの胸に留めておくのは、辛い。

「実はね」

と、辰吉の幼馴染みが怪我を負わせられたことと、両国で忍び込みの老婆に会ったこと、その息子が幼馴染みの一件にかかわる人物だったことを、順に話した。

話を聞き終えた直孝が訊ねてきた。

「そんなことがあるものなんですね。でも、その鳶のお頭は、母親の人相書きが出回っているのを知っているのでしょうか？」

お瑛は両国橋の手前で足が竦んだことは隠して、そこまでは伝えられなかったと応えた。

うーんと腕組みをしていた寛平が、ひらめいたとばかりに手を打った。

「それならさ、その母親を利用したらどう？」

「どういうこと、寛平さん」

　お瑛が訊ねる。

「つまり、あたしたちは、忍び込みの婆さんがどこの誰か知っているわけじゃない？　だから、その蔦頭のところへ行って、母親を番屋へ突き出すと脅しをかけるのよ」

「脅しですか」

　直孝が卑怯だなぁと、呟いた。

「卑怯じゃないわよ。難癖つけて、辰吉さんの幼馴染みに怪我を負わせたのは、その才蔵って頭の手下でしょ。頭だって責を負うつもりがないのよ。こっちだって、それくらいのことをしなくちゃ」

「ねえ、寛平さん。そのお母さんをお役人に知らせない代わりに、才蔵さんに医者代を出させるってことよね」

「そうそう」

　寛平が大きく頷いた。

　それは、やっぱりよくない気がする。

「あたし、八坂さまにお伝えしようと思う。だって、あのお婆さんは、どこか病のような気がしてならないもの。直さん、いっていたでしょ。卒中で倒れた人の話」

きっと、そういうものだ。あの煎餅屋の中から、

「また悪さをしやがったのか！　家ン中でおとなしくしてろっていってるだろう！」

才蔵の怒鳴り声が洩れ聞こえてきた。才蔵は、自分の母親が、あっちこっち徘徊して、ちょこっとした悪さを重ねているのを知っている。

「あたし思ったの。そりゃあ、母親をあんなふうに扱うのは乱暴かもしれないけれど、ちゃんと負ぶって、連れて行ったんだもの。根は優しい人なんじゃないかって。それに、負ぶわれていたお婆さんもすごく安心した顔していたし」

寛平が、ぶるんと首を振った。

「それなら、辰吉さんの幼馴染みにも情をかけてやってもいいんじゃないの？」

「そうなのよねぇ」

そこがわからない、とお瑛はぽつんといった。

直孝がそわそわし始めた。

「あ、ごめんなさいね。はなまきにお手伝いに行くんだったわよね」

その前にちょっとだけ、いいですかと直孝がいった。

「この話と関係がないかもしれませんが、じつは、お瑛さんが仕入れに出ているとき

に、森山さまがいらしたんです」

「ご隠居さまが？」

「そのとき、懐炉を手に取られて、おっしゃったことがあったんです」

直孝は、少し間をあけてからいった。

「茄子です」

ご隠居が話したのは、懐炉を作ったという男のことだった。

昔々の元禄の頃。大坂の男で、生業がなかなか思うようにいかずに困っていたとき、夜炊いた鍋の下の火が朝まで残っていたのを不思議に思った。もしかしたらこれは商売になると、身ひとつで江戸にでて、銅細工の職人と話をし、金物で箱形の物を作り出した。その中に、長持灰と名付けたものを入れ、携帯できる暖房器を作り、売り出した。これが懐炉の始まりだという。

「老人や宿直の侍衆の間で、次第に流行り出して、長持灰と看板を出し、長者になったのだな。長持灰というは、鍋の下でくすぶっていた犬蓼の茎と茄子の木の灰だったそうだ」

井原西鶴の『西鶴織留』という書にある話だという。やはり、ご隠居さまは博識だ。

まあ、しかしこう暖かくなっては懐炉もいらんなぁ、とご隠居は笑い、

「お瑛が仕入れてきたのか、そうかそうか。ははは、春だというのに、こんな物を仕入れてくるのは長太郎に似ているかもしらん。せっかくだから、ひとつもらっていこうか。花冷えもあるからの」

三十八文を置いていった。

お瑛は揚げ縁の上を見た。たしかに、懐炉がひとつ売れていた。

「忍び込みのお婆さんがいっていた茄子というのは、茄子の木の灰ではありませんか？　茄子といって胸を叩いたというのは、懐炉という言葉が出てこなかったのではないでしょうか。きっと懐炉が欲しかったのですよ」

直孝がいった。

お瑛は、ああと息を洩らした。

あのお婆さんは、才蔵に腹は大丈夫か、寒くないかと訊ねていた。

懐炉とは才蔵にまつわる記憶なのだ。

「ガキじゃあるめえし」

才蔵はいっていた。

子どもの頃のこと——？

お瑛は唇をきゅっと結び、すっくと立ち上がった。

「お瑛ちゃん、どうしたの？」

寛平が慌てる。

「あたし、八坂さまに報せてくる」

「そんなことしたら、お婆さんお縄になっちゃうわよ。脅しにも使えなくなるじゃないの」

「脅しなんて駄目よ。あたしたちのほうが寝覚めが悪くなるに決まってる。八坂さまなら、ちゃんと収めてくれるわよ」

寛平はなにやら不服そうだ。

「じゃ、あたし、番屋に行って来るわね。あ、寛平さん、お店番よろしくお願いね」

「やだ、直之さんがいるじゃない」

「私は、直孝です」

寛平は、あら、そうだったわね、お名前変わったんだった、と頭を下げた。

「直さんは、はなまきのお掃除に行くのよ」

「おやまあ、はなまき、また開くのね。うちのお里にも報せてあげなきゃ」

お瑛は揚げ縁から懐炉をひとつ手にした。

「売り物よ、それ」

「必要になるかもしれないから」

「わかんないけど、まあ、いいわ。直孝さん、半纏（はんてん）貸して」

お瑛が三和土に下りると、さっそく揚げ縁の前に座った寛平が、

「なぁんでもかぁでも三ん十八もーん、あぶりこぉかな網ぃー」

「寛平さん、義太夫（ぎだゆう）語りじゃないんだから、妙な節回しつけないで」

「もう、人が気持ちよくうなってたのに」

寛平は拗（す）ねながら、再び売り声を上げ始めた。

五

番屋の町役人から、そろそろいらっしゃる頃だろうといわれ、お瑛は八坂が来るのを表で待った。

町役人は中に入ってお待ちといってくれたが、お瑛は断った。番屋の奥には悪い人の縄をつないでおく鉄輪（かなわ）があるし、『みとや』が盗品を売っているという噂（うわさ）が立ったとき、兄さんがここで酷い目にあったので、嫌だった。

四半刻（約三十分）ほどすると、八坂の姿が遠くに見えた。

「八坂さま」

お瑛は駆け出した。

「おう、どうしたい、看板娘」

「話は、舟の上でします。ともかく一緒に来て下さい」

才蔵は母親を負ぶって両国橋を渡った。住まいは大川の向こうだ。

「舟の上？　おお、娘船頭の猪牙に乗れるなんざ乙なもんだ」

小者には番屋で待つようにいった八坂は、お瑛と神田川に架かる浅草橋まで急いだ。

「八坂さまは、鳶頭の才蔵という方を知っていますか？」

「ああ、もちろんだ。塒はたしか、横網町だ。回向院のすぐ近くだ。その才蔵がどうかしたのかえ？」

よし、お瑛は心の内で呟くと、「それも舟の上でお話しします」と答えた。

浅草橋に着くと、お瑛は土手を駆け下り、桟橋に舫ってある縄を解いた。

「手伝うか？」

「大丈夫です。慣れてますから」

ふうん、と八坂がにやにやと顎を撫でる。

お瑛は、袂からたすきを出してくるりと結び、草履を脱いで裸足になった。

「八坂さま、乗ってください」

「おう、頼むぜ」

と、浅草橋から声が降ってきた。

「お瑛ちゃん、お瑛ちゃん」

お瑛が耳慣れた声に顔を上げた。

「お加津さん、ごめんなさい。急いでいるの」

「いまあんたの処へ行こうとしてたの。辰吉さんが、書置き残してったのよ。うちをやめて安房に帰るって。なにがあったか知らない？」

お瑛はぴんと来た。才蔵の処へ乗り込んでいったのだ。それで書置き。

ほんと、短気なんだから——。

「大丈夫よ、お加津さん。あたしが猪の辰を連れ戻すから」

お加津はようやく八坂に気づいたようだ。顔色がさっと変わった。

「あのさ、辰吉さん、なにかしたの？」

「ああ、これからなにかするかもしれねえが、まだわからねえ」

八坂がわけのわからない返答をした。お瑛は眼をまん丸くした。たぶん、あたしとお加津さんの会話で、才蔵と辰吉になにかあると踏んだのだろう。これが定町廻りの勘かしら、と感心した。

「お役人さま、ともかく辰吉さんをお願いします」

お加津が手を合わせた。

「わかったよ、なんとかすらぁ」

ははは、と八坂はのんきなものだった。

「じゃあ、行きますよ」

「おう、頼むぜ」

お瑛は棹を岸に差して、舟をゆっくりと動かした。

「へえ、うめえもんだな。さすがは娘船頭だ」

看板娘とか娘船頭とか、あたしにもいろいろあるものだと、お瑛は内心思いながら、櫓を握った。

「船縁に摑まっていてください」

「大ぇ丈夫だよ。おれは、舟には慣れているんでな」

お瑛は応えず、腰をぐいと入れて、櫓を押した。すうっと舳先が川面を切る。

「ほう、いい感じだ、な……え、おい、娘、おい、ええと、お瑛だったか。ちょっと待て」

八坂の顔色が変わり始めた。

「ですから、船縁に摑まってといったでしょ」

「おいおい、速えよ。少しは遠慮しやがれ。人相も変わってるぞ」

「急いでますから」

お瑛はぐいぐい櫓を押す。春の風がお瑛の後れ毛をなびかせる。

お瑛は櫓を押しながら、事のあらましを語った。

八坂は、おおとか、ああとか応えてはいたが、ちゃんと聞いているかどうかは怪しい。

大川を進む舟を避けつつ、お瑛の猪牙舟は、どんどん速さを増していく。

八坂は舟底に張り付いていた。

大川を突っ切り、両国橋の下を抜け、竪川に入る。一ツ目之橋を越え、桟橋を見つけた。

「参った」

八坂は、岸に上がっても足下をふらつかせていた。

「さ、八坂さま、才蔵さんの処へ連れて行ってください」

「お、おう」

お瑛に促され、八坂が青い顔で歩き出した。

才蔵の家は大きな間口の立派なものだった。さすがは、大名や大店の仕事を請け負う鳶の頭だ。

障子戸は開け放したままになっていた。

お瑛が覗くと、果たして辰吉の姿があった。

血の気の多そうな若い鳶たちに囲まれている。奥の帳場には才蔵が座っていた。

「猪の辰！」

辰吉が振り返り、眼を瞠った。

「な、んで、お瑛さんが」

と、八坂がお瑛を脇に退けて、

「おいおい、ひとりに大勢たぁ、おだやかじゃねえな。才蔵さんよ」

帳場の才蔵が、はっと驚き顔をする。

「お役人の後ろにいるのは、さっき会った娘さんかい？　この若い男の情人か？」

「そうじゃねえ、お瑛さんは仲間だ」

辰吉の言葉に鳶たちが、うへえと笑った。

「女が仲間だって？　笑っちまうな」

「船頭仲間だ」

「ほう、娘船頭のお瑛ってのは、あんたか」

才蔵があらためてお瑛に眼を向けた。

「それがなにか？　あたしは仲間の助っ人に来たんです」

げらげらと、鳶たちが笑う。

「こいつは威勢のいい姐さんだな」

「うるせえ、黙りやがれ」

八坂がずいと敷居をまたいだ。

「忍び込みのおとみを捕えにきた。黙ってここに連れて来い」

才蔵の顔が強張った。

忍び込みのおとみって誰。お瑛は困惑しながら、八坂を見上げる。

「ずいぶん歳食ってわかんなかったが、御番所に昔の人相書きが残っていたんだ。目尻のほくろもしっかりあった。小せえ盗みを重ねてた女だ。まさか、おめえのおっ母さんだったとはな」

ぐっと、才蔵が唇を噛んだ。

「母親の稼ぎで、ここまで立派に育った才蔵さんよ。さて、旧悪なら見逃せるが、いまも繰り返しているとなりゃ、話は別だ」

おい、木っ端役人、と才蔵がいきなり立ち上がって凄んだ。

「おれは、南町のお奉行さまと懇意にしているんだ。あんたみたいな平同心なんざ、どうにでもできるんだぜ」

「残念だが、おれぁ北町だ。南のお奉行なんざ知らねえよ。さ、おとみを連れて来い」

「年寄りに縄を掛けるのか！」

才蔵が怒鳴った。若い鳶たちの視線が辰吉から、八坂に向けられた。

「おっ母さんは病だ。大病したあとにおかしくなっちまった。ふらふらと歩き回って、戸締まりしていねえ家を見ると、昔やっていた盗みを思い出して、入り込んじまう。病の者にもお裁きを受けさせるのかよ」

お瑛は八坂の横に立って、口を開いた。

「才蔵さん、懐炉を持っていますか？」

「懐炉だって？　ああ？　なんだそりゃ」

「おとみさんは、盗みを働いていたわけではないんです。たしかに昔の癖がうっかり出てしまったのかもしれませんが」

お瑛は八坂の顔を見た。

「ああ、入った家の者に見つかったときには、茄子といって、胸のあたりを叩いたそうだ」

才蔵が眼を見開く。まさか、そんなこと、と唇が震え始める。

「気づかれましたか？　才蔵さん。お母さんは、懐炉が欲しかったんです」

お瑛がいうと、才蔵は呆れたように首を横に振った。

「茄子の木と犬蓼の茎。長持灰……だから懐炉かよ。馬鹿なおっ母さんだな。おれはもう四十だぜ。寒がりでもなきゃ、腹も壊さねえ」

おとみは亭主に先立たれ、女手ひとつで才蔵を育ててきたが、一度人の物に手をかけたのが癖になった。

「おれは、おっ母さんが盗んだ銭で懐炉を買ってきたのを知っていた。知りながらも止められなかった。盗みをやめさせるには、おれが立派な鳶になって、楽をさせてやることだと思ったんだ。手下が不始末を起こそうともおれは頭でいなきゃならねえ。たとえ筋を曲げてもな。手下とおっ母さんを守れるのは頭のおれしかいねえんだ」

なのに、おっ母さんは病で倒れてから、またぞろ盗みを始めやがった。金もある、好きに物が買えるようになってもだ。手癖が直らねえ。この婆と、幾度怒鳴りつけたか、と才蔵は、悔しげに歯を食いしばった。

「それが、懐炉欲しさにだって？　馬鹿じゃねえか――」

と、才蔵は茫然と立ちすくみ、顔を歪めて呟いた。

八坂は、

「病の婆さんじゃ、口書も取れねえなぁ。なあ、才蔵よ、辰吉の船頭仲間も大怪我して、おっ母さんと幼い妹が困っているそうだ。いつ何時、おめえのおっ母さんのような真似をするかわからねえよ」

若い鳶が袖をたくし上げて、歯を剝いた。

「よう、お役人さま。その一件と、頭のおっ母さんの話は別だぜ。あの船頭はおれの羽織に穴を開けやがったんだからな」

八坂が、ははははといきなり笑い出した。

「おめえ、鳶だろう？　身が軽くてすばしっこいはずじゃねえか。舟が揺れたぐれえで煙管の火を落とすなんざ、おめえも未熟者だな」

「なんだと」

そうよ、その通りと、お瑛は思わず拍手をした。鳶が一斉にお瑛を睨んだ。

ひっと、お瑛は八坂の背後に隠れる。

「いっそ、この娘の舟に乗って修業したらどうだい？　火を落とすどころか、川に振り落とされそうになるからよ」

「八坂さま、余計なこといわないで」

お瑛は小声で八坂の背に向けていった。

と、奥から足音がして、おとみが姿を現した。

「あら、才蔵。こんなところにいたら、腹が冷えるよ。おっ母さんが渡したあれはちゃんと持っているかい？　茄子の木を入れる温かい箱だよ」

おとみは辰吉の傍に寄って話し始めた。

辰吉を若い頃の才蔵と勘違いしているのだ。

辰吉は、面食らって身を引いた。

「おとみさん、懐炉ならここにあります」

お瑛は、胸元から懐炉を差し出した。

「ああ、それだ。娘さん、ありがとう」

おとみが、目許に皺を寄せた。

「もうこの子ったら、いつもどこかに落としちまうんだから、幾つ買ってやったことやら」

ほらほら、お腹(なか)に入れて、と辰吉の襟元を広げて懐炉をねじ込んだ。

辰吉は、ぎこちなく笑って見せた。それを見て、おとみは満足そうな笑みを浮かべる。

「おっ母さん……」

才蔵は自分の母親に眼を向け、ふらふらと帳場から出て来た。

おとみが才蔵を見て困った顔をする。

「おやおや、あんたも冷えるのかえ？　ごめんよぉ、あんたの分まではないんだ」

才蔵は憐(あわれ)みと寂しさを混ぜたような表情で、

「構わねえよ。おれは大丈夫だ」

優しくおとみにいった。

うん、とおとみが頷(うなず)く。

才蔵が膝(ひざ)を折った。

「恐れ入ります。お役人さま、おっ母さんを」

「お頭！」

手下たちが才蔵を取り囲んだ。

「おめえたちは黙ってろっ」

才蔵が怒声を上げた。手下たちが、一斉に鎮まる。

「おれぁ、おっ母さんが取っ捕まって牢送りになっても構わねえとどこかで思っておりました。けど、おれの腹をいつまでも心配してたとはこれっぽっちも考えておりませんでした」

ふむと、八坂は顎を撫でる。

「人相書きも出回ってる。捕まえて当然なんだがよ、被害の届けがほとんど出ていねえんだ。おめえが大事に育てられたように、これからはおっ母さんの見張りをおめえがしっかりやってくれ。鳶頭にまでなったおめえを誰より誇りに思っているのは、おっ母さんだろうからよ。倅を想う母親の筋は曲がっちゃいねえ。おめえも、真っ直ぐにすりゃいいこった」

おとみは辰吉の腹に手を当て、嬉しそうに微笑んでいた。

才蔵と鳶たちがずらりと並んで、お瑛と辰吉と八坂を見送ってくれた。

道行く人たちが何事かという目で通り過ぎて行く。お瑛はなんだか気恥ずかしかった。

「辰吉さんとやら、おめえさんの幼馴染みの薬袋料と生計の費えはこっちでもたせてもらう。順に看病へも行かせる。それで勘弁してくれ」

　才蔵は頭を下げると、お瑛へ眼を向ける。

「お瑛さん、ありがとうよ。あんなおっ母さんの笑い顔をみたのは久しぶりだ。この懐炉のおかげだ」

　才蔵は、懐炉を大切そうに握りしめた。

「では、三十八文いただきます」

　えっ、と才蔵が眼をしばたたく。

「あたしは、茅町一丁目で『みとや』という三十八文の店を営んでおります。懐炉はまだ三つありますし、湯婆もふたつ」

　才蔵は、気持ちよく笑い声を上げた。

「しっかりした娘さんだな。おい、おめえら、『みとや』さんを贔屓にするんだぜ」

　へい、と鳶たちが一斉に声を上げた。

　でももうすぐ、はなまきが再開するから、若い鳶はそっちに行ってしまうかも、とお瑛はちょっぴり心配した。

「喧嘩（けんか）をしたわけじゃなし、幼馴染みを助けようとしたんだ。あんな書置きは捨てたよ」

お加津に許された辰吉は、舟の修繕をしていた。

「安房に帰ることになったら、お瑛さんと猪牙舟（ちょきぶね）勝負をしようと思っていたんだがな」

「そうね、受けてもいいわよ」

応えたお瑛に、辰吉が驚いて振り返った。

「明後日（あさって）、天気がよかったら、ふたりで大川に出ましょう」

二日後——。

お瑛と辰吉は、誰にも内緒で大川に出た。両国橋から永代橋までを競う。今日は川風が冷たかった。

「お瑛さん。おれが勝ったら、いや」

互いに両国橋の下に舟を並べた。

「なんてのかな。お瑛さんは、無理に橋を渡ることたぁねえと思ってよ。だってよ、舟を上手に操れるんだ。前へ進むことだけ考えてよ。長太郎さんがいなくなっても、立派に店をやってる。弱虫なんかじゃねえ」

むしろ、おれのほうがと、辰吉はぼそりと呟いた。

「なんだか、気持ち悪いわよ、辰吉さん」

お瑛は櫓を握りながら、辰吉を見る。

「渡りたくなったら、渡りゃいい。けど、渡れなくたって構わねえ。お瑛さんはお瑛さんだ」

ちょっと待ってよ、辰吉、卑怯(ひきょう)よ。

お瑛の眼の前が思わず知らず滲(にじ)んで来る。

「あたしにもいいたいことがあるの。だから勝負を受けたのよ。あたしが勝ったら、二度と安房に帰るなんていわないで」

「そ、そいつは、まさかおれに……」

辰吉の顔がみるみる紅潮する。

「だって船頭仲間じゃない」

お瑛がきょとんとしていった。たちまち辰吉の顔が拗ねたようになる。

「ああ、そうだよ。その通りだ。安房に帰(け)ぇるとはいわねえよ。さ、やるか!」

「うん」

お瑛と辰吉は同じに、櫓をぐいと押した。

櫓臍が鳴って、勢いが増す。力では男に敵わないけれど、舟を押すのは、力だけじゃない。腰と膝と、腕、全身を使って操る。その上、お瑛の櫓は薄くて軽い。通常の櫓よりも、舟を浮かせて進むことが出来る。

辰吉が、ちらりとこっちを見た。いまは互角だ。前方に荷船が見えた。このまま追い越して行こうとお瑛は、ぐっと櫓を握り直す。

新大橋が見える。その向こうが永代橋だ。

と、お瑛の中に辰吉の言葉が甦ってきた。

「渡りたくなったら、渡りゃいい。けど、渡れなくたって構わねえ。お瑛さんはお瑛さんだ」

速さが増すにつれて、お瑛の眼前がさらに滲む。水の幕がかかったようになる。

あっと思ったときには、荷船が迫っていた。

お瑛は慌てて櫓を切ったが、間に合わなかった。荷船を避けられず、舟が傾いで川に振り落とされた。

お瑛の身体が沈んで行く。川の水は思ったよりも温かい。不思議と息苦しくはなかった。水面を照らす陽光が、ゆらゆら、きらきらしているのが見える。きれいだ。お瑛は水の中で手を伸ばした。揺れる光が指先にからんで、兄さん、と呟いたとき、口からごぼりと泡が出た。

沈む、沈む――。

そのときお瑛の身体が急に浮き上がる。誰かがその身を抱きかかえてくれたのだ。

兄さん？　違う。兄さんは泳げない。

辰吉だ――。

その腕はたくましくて、お瑛の身をしっかり支えてくれた。

辰吉は、お瑛の舟を縄でつなぎ、岸に着けた。髪から身体から水がしみ出てくる。

「水は飲んでねえか？」

お瑛は仰向けに転がったまま、こくりと首を動かした。

「勝負はお預けだな」

お瑛は、首を横に振る。荷船を避けられなかったのは、あたしの腕のせいだ。

「こんなんで勝ったと思いたくねえよ。途中まではいい勝負だったんだ。お瑛さん、寒くねえかい？」

辰吉が懐から懐炉を出した。うちで買った物かしらと、ぼんやりした頭でお瑛は思った。

「ああ、すっかり冷えてら。川に浸かったんだからあたりめえだな。『みとや』で買ったやつだ。今日は風が冷たかったからよ、持ってきたんだ。いい感じに温かったぜ」

辰吉が笑う。

「——毎度ありがとうございます」

ずぶ濡れのお瑛は、思い切りくさめをした。

木馬(きうま)と牡丹(ぼたん)

一

お菜をすべて四文で売る『はなまき』が再開して、また茅町は賑やかな通りになった。

吉原の元花魁であったお花は、手習い塾をしている菅谷道之進の妻となったが、再び店を開けるという話は、またたくまに蔵前通りを突っ切って、浅草橋など軽々渡り、両国橋を走り抜けた。

ところが、今日店座敷に厳めしい顔つきで座っているのは、夫の道之進である。客は騙されただの、男の手からお菜を渡されたくないなどぶうぶう文句を垂れているはずだ。

なんたって、お花はいま、お瑛の舟に乗っているのだ。

「よくあの道之進さんがお店番を了解しましたね」

「そうでもありんせん。はじめはお菜の店の店番など嫌だと大騒ぎでござんした。でも道之進さまの手習い塾だけでは食うていくのが精一杯とはっきりいいんしたら、ころりと態度を変えて」

うふふ、とお花が笑った。

そういえば、とお瑛は、初めて直孝に会ったときのことを思い出した。身に覚えのない罪を着せられ藩を追われた父道之進が江戸に仕官を求めて来たが、食うや食わずの暮らしをしていると直孝に聞かされたお瑛は店番を頼んだ。そこへ、酔った道之進がやって来て「小娘が武士の顔に泥を塗りおって」と店先で怒鳴った。店番は、お瑛の親切心から出たことだった。けれど、人には触れてほしくない、知られたくないことがある。矜持（きょうじ）というものもある。手を差し延べたといい気分になっていた自分をお瑛は恥じた。余計なお世話というけれど、親切だと思っていたことが、相手を傷つけてしまうのだと知った。

でも、あのとき、長太郎は「粗末な店」といった道之進に、

「粗末だろうと私らには大切な店です。ここで小銭を稼いで飯を食っております」

胸を張ってそういった。そのときの長太郎はきりっとして恰好（かっこう）がよかった。でも、それももう思い出の中だ。

顔見知りの荷船の船頭が、すれ違いざま「よう」と、お瑛に声をかけるやいなや、

「おいおい、花魁の花巻じゃねえのか！　眉（まゆ）を落として一段と色っぺえや。はああ、

今日は吉日だ。生き観音、生き観音」

と、叫びながら櫓から手を離し、お花へ向けて両手をぱんぱんと二度打って拝んだ。

あたしのときとはずいぶん態度が違う。まあ、それくらいのことは許してあげよう。あたしはそんなに狭量な女子じゃないから。

と思いながら、お瑛はちらとお花を見る。

肘を掛けた船縁に身体を預け、胴の間に横座りに座る姿は、背後から見てもきれいだ。

たしかに拝みたくもなる。

お花はどういう仕草をすれば人の眼を魅きつけられるかがすっかり身についている。さりげなく、嫌味がなく、ときに優雅で、女のお瑛から見ても羨ましく感じることもあるが、それは皆「吉原で叩き込まれた」のであって、お花が望んだことではない。

お瑛は、それを哀しく思う。

お花がどういう表情をしているのかまでは見えないが、荷船の船頭に微笑んでいたのだろうか。

舟は吾妻橋を潜り、三囲神社のあたりまで進んだ。隅田堤には桜樹が並んでいる。

柔らかな風が心地よく、頬をかすめていく。

今日の大川は流れもゆるやかだ。

お花は、堤を見ながら、煙管（キセル）を取り出した。

「ああ、桜もおしまいでありんすなぁ。もう葉があんなに。でもお瑛ちゃん、ありがとう。仕入れも忙しいのに」

「大丈夫。今日は、寛平さんと直孝さんが店にいてくれているから。それに、寛平さんが、実家のお店から売れ残りの半襟と古裂（こぎれ）を持ってきてくれたの。助かったわ」

くつくつと、お花が肩を揺らす。

「そういえば、今日の茅町は、お武家の父子（おやこ）で店番ということになりんすなぁ」

お瑛もはっとした。うちが直孝さんで、はなまきが道之進さんだ。

「でも、うちには、お手伝いのおしずちゃんがいるから、まだいいでありんしょう」

おしずは、以前道之進の手習い塾に通っていた三次（さんじ）という子の姉だ。品川宿に売られたのを、長太郎と寛平とで助け出したのだ。おしずも愛らしい娘で、お菜を作るのが得意なのだそうだ。

「それにしても、ほんに寛平さんは、お節介というか、寝泊まりにも来るのでありんしょう？　お瑛ちゃんはどう思っていなさるのでありんすか？　あんなでも立派に人の亭主、殿御でござんすよ」

お瑛は、櫓をゆっくりと押しながら、

「そうなの。それが困りものなのよね。でも、寛平さんだと、まったく噂も立たないから。裏店の人たちも、朝の納豆売りも豆腐売りも、みんな、おや寛平さん、おはよう、ですって」

お花は、小首を傾げ、笑いを堪えている。

「どなたさまも、寛平さんをお瑛ちゃんの兄さんのように思っていなさるのでありんしょう」

「しょっちゅう様子を見に来てくれるのは嬉しいけれど、かなり暑苦しくて、厚かましくて……でも優しいかな」

「似ている？　長太郎さんと寛平さん」

お花が、煙草の煙をくゆらせながら、首を回した。

ふたりが？　お瑛は返答に困った。お花さんも意地悪なことを訊ねてくる。

お瑛はちょっと櫓を緩めた。

「顔は断然兄さんが上。でも、若旦那気質は似ているかな。だから、一緒にいても嫌な感じがしないんだと思うの」

お花は、そうねぇと呟いた。

「けれど、兄さんはもうここにいないのは、あたしわかってる。寛平さんは、長太郎兄さんの代わりだと思ってちょうだいっていうけど、やっぱりそれは無理、無理」

お瑛は笑った。

「おや、それは寛平さんが気の毒でありんすなぁ」

お花も笑う。と、急に笑みを引いた。

「いまのお瑛ちゃんに訊くのは、ほんに申し訳ないと思っているんだけど、兄と妹とはどういうものでありんすか？」

お瑛は軽く空を見上げた。

「うーん、好き嫌いじゃなくて、あたりまえにそこにいるみたいな感じ。他人だったら腹が立つことでも、許せちゃうとか。いちいち気持ちも訊かないし、本音も明かさないけど、あまり気にしないかな」

「なにやら不思議な間柄でござんすな。夫婦とも違うし」

舳先が水面を静かに切っていく。

「夫婦は他人同士が好き合って、暮らしをともにして添い遂げるものでしょう？　あたしはわからないけど」

視線が合うと、お花がちょっと気恥ずかしげに後れ毛を撫で付ける。

「でも、兄と妹は違うなぁ。夫婦別れはあっても、兄妹は切っても切れない繋がりがあるから。あたし、じつは兄さんと本当の兄妹じゃないんじゃないかって疑ったことがあったの。顔も似てないし、性格も違うし」

まさか、とお花が眼を丸くする。

「そう。そんなの気の迷いだったの。どう考えたって、どう疑ったって、わからない繋がりを感じるのよ。たとえ、姿がなくなっても」

お瑛はちょっとだけ笑みを浮かべる。

「ごめんね、お瑛ちゃん」

「いいのいいの。あたしの中にはいつも兄さんがいるから」

忘れないでいることが、あたしのためだし、兄さんのため。

「ねえ、お花さん、そろそろ話してくれてもいいでしょ？　遅いお花見に誘っただけじゃないと思うのだけど」

お花が、雁首を船縁に打ちつけて、灰を落とした。

「お瑛ちゃんは、仕入れでいろんなところを回っているのでござんしょう？」

「ええ」

「じつは捜してもらいたい人がいるでありんす」

お瑛は眼をしばたたく。

「人捜し？」

「そんな大層なものではないのだけれど。ただ仕入れの途中で、思い出したら訊ねてくれるだけでもいいでありんす」

「それくらいなら、構わないけれど。捜しているのは、お花さんの知り合い？」

お花は俯き加減で小さな声でいった。

「わっちの兄さん」

二

お花は、いま実母と一緒にはなまきを営んでいる。だがかつて、酒浸りで働かない夫に、実母は吉原に売られた。そのときすでにお花を身ごもっていたのだが、遊郭の主人はお花を流さず、産ませてくれたのだ。

でも、お花の前にすでに子があったのだという。お花は、まったく知らなかった。当然だ。生まれたときには、母娘は引き裂かれ、吉原の中では親子の名乗りも出来なかったのだ。

ところが最近、母親の様子がおかしいという。店が終わると、なにかと理由をつけて出掛けて行くのだという。

「もともと、外出がそれほど好きなおっ母さんじゃなかったのに、ちょいちょい出ては、がっかりした顔をして戻ってくるのが、気になっておりんす」

いくら訊ねても、ただの気晴らしだよというだけなのだそうだ。気晴らしなのにがっかりした顔をしているというのもおかしなものだ。

そのうえ、先日は外出先でうっかり転んで、足首を捻って歩けないのだという。それを、すごく悔しがっている。

それでもなにも告げようとしない母親にしびれをきらし、お花は母娘ふたりを請け出してくれた恩人である佐賀町の油屋坂上善兵衛の処へ出掛けた。

善兵衛も初めのうちは口を濁していた。が、外出できないことをなぜあんなにも悔しがっているのか、なにか知っているなら教えてほしい、とお花が詰め寄ると、重い口をようやく開いた。

そのとき初めて、自分に三つ歳上の兄がいることを知ったのだという。

お花の母親は、吉原へいく前に飲んだくれの父親に子を残していくのが不安で、親戚を頼って預けたのだそうだ。しかし、その親戚もいまは住まいを変え、どこに越したのかさえわからない。昔住んでいた長屋を訪ねても、もう居る顔ぶれが違っていた。

「でも、どうしてお花さんのおっ母さんは今ごろになって、捜そうと思ったのかしら？」

お瑛が首を傾げると、

「両国の広小路で見かけたっていうの」

「だって、手放したのは三つのときでしょ？」

「それでも、母親でありんすから、わかる。そう善兵衛さんに話したと」

お花は、花と葉の交じった桜樹を遠くに見ながらいった。

「長太郎さんを亡（な）くしたばかりのお瑛ちゃんにこんなことを頼むのは気が引けるのだけど……兄妹は他人の始まりなんていいしんすが、互いを大切に思い、助け合うふたりを見てきて、わっちは羨ましかった。そんなお瑛ちゃんなら、わっちの気持ちもわかってくれると思いんした」

もし、まことに兄がいるなら会ってみたい、とお花は、うっすらと目尻（めじり）をうるませた。きっと、母親にも子を捨てたという呵責（かしゃく）の念がいまだに残っているのだろうという。詫（わ）びたい気持ちがあるのだろう、と。

お瑛は、お花と別れ『みとや』の店座敷に座りながら腕組みをして唸(うな)っていた。もちろん力になってあげたいけれど、ちょっと複雑ではある。お花より三つ上なら、長太郎より年長になる。名は、久作(きゅうさく)。見かけたのは両国広小路。背には風呂敷(ふろしき)包みの荷を担(かつ)いでいて、お店者(たなもの)のようにも見えたという。

入っていった店は甘味屋。

そこまで見ていたのなら、どうして声を掛けなかったのだろう、とお瑛は思う。でも急に近寄ってあんたはあたしの息子だなんていえないか、と思い直す。

あたしは、兄さんのように、多くの人付き合いがあるわけではないから、訊いて回るのも手間がかかる。

寛平にいえば、「あたしに任せなさい」と薄い胸を叩いて、咳(せ)き込むのは間違いないけれど、あんまり派手に動き回られると、かえって困る。

『吉原の元花魁、生き別れたる兄と涙の対面』

なんていう瓦版(かわらばん)の見出しが、お瑛の頭にぼんやりと浮かんできた。

駄目駄目、とお瑛は首を横に振る。

「あの、お瑛さん」

えっ、とお瑛が我に返る。直孝が心配そうな、それでいて少し気味悪げな表情で覗(のぞ)

き込んでいた。

「どうかなさいましたか？」

「ううん、なんでもないの」

「お客さんですよ」

お瑛が組んだ腕をほどいて、「いらっしゃいまし」と声を上げると、客が、

「お瑛ちゃん」

と、優しく呼び掛けてきた。

「お駒さん！」

お瑛は思わず膝立ちをした。

「元気そうでよかった」

お駒はじっとお瑛を見つめると、腕を伸ばし、お瑛の手を取った。

「文をもらったときには驚いたわ。もっと早く来たかったのだけど」

お瑛は首を横に振った。

「ごめんなさい。遠くからわざわざ」

お駒はお瑛と長太郎の叔父である益次の女房だ。益次は叔父といっても、お瑛の父親とは腹違いの弟だった。

実の父親、つまりお瑛の祖父は益次を引き取ったものの、息子ではなく奉公人として扱い、お瑛の父もまた弟扱いはしなかった。

お瑛の実家は『濱野屋』というまあまあ大きな小間物屋を日本橋室町で営んでいた。実の父とお瑛兄妹の父親である腹違いの兄に疎んじられた益次はいつしか心に深い傷を負い、濱野屋を潰そうと企んだ。

赤目の源五郎という悪党一味と裏で手を組んで、店の印判を盗み、借金をこさえた。益次は自分を兄のように慕ってくれていた長太郎に目をつけた。叔父であることはもちろん伏せて若い長太郎をそそのかしたのだ。吉原や賭場、料理屋で芸者を揚げ、遊び惚けさせ、借金まみれにしたのだ。

益次の企みが仕上げにかかるとき、永代橋が崩れて、偶然、お瑛の父母はその事故に巻き込まれて死んだ。

けれど、悪事というのはしっぺ返しを喰らうもので、源五郎の情婦であったお駒と恋仲になった益次は、自分の手中に納める気だった濱野屋をそいつらに取られてしまった。

借金の形に巻き上げた濱野屋の店屋敷は、お駒を譲り渡す代わりに取られ、別に金子を用意するよういわれた。でなければ印判の盗みをばらすと脅されたのだ。しかし、益次は罪を悔い、奉行所で洗いざらい話した。

さらに、元火付盗賊改方の御頭を務めていた森山のご隠居の助けもあって、益次は江戸十里四方所払いの罪で済んだ。

いまは高崎で、お駒とふたりで暮らしている。

お瑛は直孝に、益次の女房だと告げる。

「益次さんって、高崎の叔父さんですね」

直孝の言葉に、お駒は戸惑ったような、それでいて嬉しいような顔で頷いた。

「私は菅谷直孝です」

「あなたが直孝さん？　お瑛ちゃんの文に書いてあった方ね」

お駒が、得心したようにお瑛の顔を見て、微笑んだ。

「私のことが文に？」

直孝は興味津々で聞き返す。お瑛はそれ以上、話が進まないようにお駒の手を引いた。だって、端整な顔立ちの若いお武家さまが店を手伝ってくれているのだと記したのだ。お駒の口から、そんなことをいわれたら困るどころか、穴に入りたい。

「ねえ、お駒さん、早く上がって上がって」

そういいながら、首を伸ばした。益次の姿はなかった。

「ああ、うちの人はあとから来るわ。『柚木』のお加津さんの処に寄ってからといっていたから」

お駒がちらりと、三和土に立てかけてあるものへ視線を向けた。布を被せてあるが、お駒はすぐに気づいたようだ。

「濱野屋の看板ね」

「はい。あたしも兄さんもその看板を掲げるより、まずは『みとや』を大きくしたいって思っていますから」

あの看板は『みとや』にとっての目標みたいなものだった。

「長太郎さんにお線香をあげさせてくれる？」

お駒は店座敷から続く居間に上がった。

仏壇なんて立派なものはなく、ちいさな簞笥の上に、位牌と線香立てと鈴が載っている。

「この桜の枝は、お瑛ちゃんが飾ったの？」

「ええ、風か雨で通りに落ちていたものを拾ったんですけど、まだ花もついているし、ないよりましかなって。兄さん、お花見とか賑やかなのが好きだったから」

お瑛は気恥ずかしげに笑った。

「ううん、とてもきれいよ」

鈴の澄んだ音色が座敷に響く。線香の煙がすうっと上にあがる。

「ありがとうございました」

お駒は丁寧に頭を下げ、目尻を拭った。

「こちらこそ。兄さんも喜んでいると思います」

すると、お駒が風呂敷包みから菓子箱を差し出した。

「ほんの気持ちだけれど。お供えにと思って」

「ありがとうございます。じゃあ、早速、兄さんに」

お瑛が箱に手をかけると、これは少しだけどと、お駒が帯の間から今度は紙包みを出した。

お瑛は首を振る。

「お供えは有り難く頂戴いたしますけど、お金は受け取れません」

「ううん、お線香代だと思って納めてちょうだい」

お駒は、そういった。

「それに、うちの人が渡してくれっていったの。長太郎さんは、甥っ子になるのだからと」

叔父がなにもしないのは、おかしなことだもの、と付け加えた。甥っ子――。益次さんがそう思ってくれたのが嬉しかった。

「わかりました。こちらも頂戴いたします」

「ありがとう、お瑛ちゃん」

お駒はほっとしたように笑みを浮かべた。

直孝がお茶を淹(い)れると、お駒が、あらと眼をしばたたく。

「お侍さまにお茶を淹れていただくなんて、畏(おそ)れ多いわ」

「気になさらないでください。私は『みとや』の奉公人のようなものですから」

「やだ、直孝さん。奉公人じゃないわよ。直孝さんは、『みとや』の勘定役兼品定め役だもの」

「勘定役と品定め役ですか。ふた役兼任ですと給金も上げていただきますよ」

「それは、大変」

お瑛は慌(あわ)てていった。

このごろ、直孝の声はがらがらして大きな声も出せない。店番をしていても売り声を張り上げられないのだ。いまも詰まったような、苦しげな声をしている。

常連の左官の女房いわく、声が変わる時期なんだそうだ。男の子は十四、五、ようは元服する頃に大人の声になるらしい。

　これまで、きれいで愛らしい売り声だったけれど、へんに男らしい野太い声になったら直孝贔屓は減るかもしれないと、お瑛はちょっぴり心配している。

　背丈もうお瑛を追い抜いた。

　いつの間にかこうして大人になっていくんだなと思う。あたしはどうかしら。

　不意に、お瑛はなにかが足りないことに気づいた。座敷内に流れるいつもの気忙しさがない。

「直孝さん、寛平さんは家に戻ったの？」

　直孝の顔が一変する。う、ううんと喉をわざとらしく鳴らして苦しそうな表情を見せる。

　だいたい着ているはずの店の半纏を直孝が着ていない。

　まさか。

「どうしたの？　お瑛ちゃん」

　お駒が不思議そうな顔をする。直孝が唇をぎゅっと結んだ。

「お駒さん、どうしよう。『みとや』にとって一大事かもしれない」

　お駒が、えっと眼を丸くする。

「あたしの代わりに仕入れに出ちゃったの」

「誰が？」

お駒は訳が分からず、眼をぱちくりさせる。

「呉服屋の若旦那。兄さんの大の仲良しだった人」

「あらあ、そんなこと初めて？」

お瑛が頷くと、お駒も呆れ顔をした。

ああ、どうしよう。兄さん以上にぼんぼんだから、どんな物を仕入れてくるのかわかったものじゃない。

「止めたのですが、いつもの調子で、任せといてちょうだいって、張り切って出ていきました」

「張り切って出ていったのね？」

「そうです」

直孝が申し訳なさそうに肩をすぼめ、お瑛は額に手を当てた。

三

鐘の音が八ツ（午後二時頃）を告げていた。

急に雲行きが怪しくなり始めて、ぱたぱたと屋根を叩き出すと、ざっと強い雨になった。

お瑛と直孝は大急ぎで、揚げ縁の品物を片付けた。

棒手振り（ぼてふり）や商家の奉公人が急な降りに、しぶきをあげながら駆け抜けて行く。

「なんだか長居をしちゃって、ごめんね」

お駒がすまなそうにいう。

「この降りじゃ、あの人も柚木から出られそうもないわね」

お瑛は、濡（ぬ）れてしまったどんぶりやら大徳利（おおどっくり）などを布で拭いながら、

「お加津さんと会うのも久しぶりだからゆっくりさせてもらうのもいいだろうし、あたしは、少しだけでも顔が見られたら嬉しいから」

お駒にいった。

「きっと通り雨ですよ。春の雨は長くはつづきませんから」

直孝が、上げた揚げ縁の隙間（すきま）から表通りを見ながらいった。

激しい雨に叩かれて、隅田堤の桜もすっかり散ってしまうだろうと、お瑛は思った。

朝のうち、たとえ散りぎわでもお花と見に行けてよかった。

お花の頼みがまたぞろ頭をもたげてきた。どうだろう。直孝にもいってみようか。直孝にとっては継母の兄だから、伯父にあたるのだ。

いや、駄目だ。舟を下りるとき、

「このことは、皆には内緒にしておいて」

お花にいわれたのだった。

実の兄であれば、道之進にも直孝にも身内になる。秘密にしなけりゃいけない訳などないはずだ。

けれど。

よしんば会えたとしても、どんな人だかわからないことがお花を不安にしているのかもしれなかった。

父親は酒飲みでぐうたら者。自分の女房を吉原に売ってしまうような男だ。その血のせいだけでなく、母親に捨てられたという思いを持ちながら、どんな暮らしをしてきたかしれない。ただ、息子に会いたい、詫びたいという母親の気持ちに寄り添うよりも、お花は、どんな人物か見極めておきたいと思っているのかもしれなかった。

「それらしい人がいたら、わっちに報せ(しら)てくれればそれだけで十分でありんす」

あとは、お花が声をかけるなり、会うなりするという。母親に告げるのは、はっきりしてからにしたいといった。

「仕入れのついでにさりげなく訊いてくれればいいの。わからなかったら、それはそれでかまいんせん」

お花はそういったけれど、やはりどこかで、いままで存在することすら知らなかった兄に会いたいのだろうとお瑛は思った。

直孝がいったように、四半刻（約三十分）もすると小降りになった。雲の切れ間から、陽の光が幾本も地上に向かって射している。

「お瑛さん、まだ刻が早いですから揚げ縁下ろしましょうか」

直孝がいう。

お瑛も同意し、直孝が揚げ縁を下ろして紺色の布をかけると、お駒も品並べを手伝った。

「ありがとう、お駒さん」

「いいわよ。あたしも小間物屋の女房だもの」

「高崎のお店はどうですか？」

お駒は、まあそこそこかしら、と小首を傾げ、微笑んだ。

「江戸ほど賑やかではないから、色々な品物を置いて万屋みたいになっているわ」

「益次おじさんも商いに身をいれているんでしょう？」

「ええ、それはもちろん」

お駒がそういって、古裂をまとめて、籠にきれいに並べたときだ。

「ただいま、お瑛ちゃん。もう帰り道でいきなり降り出すんだもの、嫌になっちゃう」

寛平がずぶ濡れで店の前に立った。

ね、見て見て、と小袖の裾を両手で絞り始めた。ぽたぽたと水が垂れる。

「こんなだもん、ほんと急な雨って困るわよねぇ」

と、いまはしっかり空で輝いているお天道さまを睨んだ。

「ま、お客さん。ごめんね。あたしったら調子に乗って」

「お駒さん、こちらが兄さんと仲良しだった寛平さん」

「お瑛ちゃん。だった、なんてやめてよ」

と、寛平はきゅっと眉を寄せて、

「長太郎兄さんは、この心の中でずっと生きているんだぜ」

と、見得をきるようにいった。

「ときどき、男っぽくなるのが面倒なの」

お駒の耳許でお瑛が囁くと、お駒もくすくす笑いながら、「なにが起きたのかと思った」とこっそりいった。

「それで、寛平さん。初めての仕入れはいかがでしたか」

直孝が問い掛けた。

そうだ。それが一番の心配の種だった。

お瑛も思わず寛平の顔を見る。寛平は、不快げに袂や裾をつまみあげる。

「お楽しみは後。先に着替えさせてくれる？　気持ち悪いんだもの」

「あ、そうでしたね」

「兄さんの小袖でいいかしら」

そういうと皆がはっとして、お瑛を見た。お瑛は皆の視線に気づいて、少しだけ笑った。

「あの、私が家からとって来ます」

長太郎の小袖は、ほとんど直孝に譲ったのだ。でも、じつは一枚だけお瑛は自分の寝間にしている小屋裏の行李の中に入れてある。

若草色の格子柄だ。花見や祭り、船遊び、それと大切な日には必ず着ていったお気に入りだ。

大切な日がなにかは教えてくれなかったけれど、きっと兄さんにとって特別な日だったに違いない。兄さんには本当に好いた女はいなかったのだろうか。

いつだったか、お瑛は、芸者の新吉のことを訊ねたことがあった。そのとき、長太郎はげらげら笑って、

「新吉とは、何年の付き合いだと思っているんだい？ まだ私たちが柚木で世話になっていた頃からだよ。好いた惚れたなどありゃしない。それに新吉は気が多くて困る。男に振られる度に、私に泣きついてくるんだからね」

そういっていた。だけど、いつも兄さんは親身になって、ときには夜明かしすることもあったのだ。兄さんにはその気はなくても、新吉さんはどうだったのか。弔いで一番泣いていた姿をお瑛は思い出した。

「なによ、お瑛ちゃん、ぼうっとして。直孝さんも大丈夫よ。あたし、寝泊まりしているから、お里が着替えを持たせてくれてるの」

そこの風呂敷包みをとってちょうだい、と直孝にいった。

寛平さんの荷物がいつも部屋の隅においてあったから、なんだろうと思っていたが、着替えだったのだ。

じゃ、着替えるわね、まだ仕入れの品は見ちゃ駄目よと、お瑛たちを見回して、座敷の隅に衝立(ついたて)を回した。

「ああもう、いやだ。下帯までぐっしょり」

あまり耳にしたくないことを寛平が平気でいっている。

「お瑛ちゃん、あの人、本当に長太郎さんと仲良しだったの？」

お駒がお瑛にすり寄ってきた。

「ほんとにほんと。あれでも、呉服屋の若旦那でおかみさんもちゃんといるのよ」

お駒は仰天して、衝立の向こうでこそこそ着替えをしている寛平へ眼を向けた。

「駄目よ、こっちを見ちゃ」

寛平は身体をくねらせ隠すような仕草をする。

「まあ、兄さんを慕ってたというほうがぴったりかな。でも、若旦那同士で馬が合ってたみたい」

ふうん、とお駒は感心するやら呆れるやら、

「お瑛ちゃんも大変ねぇ」

と思わず本音を洩(も)らしたのが可笑(おか)しかった。

でも、こうして皆が賑やかにしてくれるのはありがたい。ひとりきりだったら、ほ

んとに、『みとや』を続けていけたかどうか自信がない。

濡れた衣を衣桁にかけ、すっきりとした寛平は、

「さあさあ、あたしが初めて仕入れた品物、とくとごろうじろ」

と、得意満面で風呂敷の結び目を解いた。

小さな行李が出てきた。

まさか、これひとつってことはないわよね、と寛平を窺う。

「お瑛ちゃん、そんな人を疑うような目付きはやめてちょうだい。中身よ、中身」

寛平が蓋をもったいぶって、ゆっくり開ける。

小さな行李の中には、きれいに並んだ櫛が幾枚も入っていた。見ただけでは数えきれない。

「櫛、だけをこんなに？」

お瑛は寛平を見る。

「あら？　これだけ櫛を仕入れてきたのよ。四十九枚あるんだから、すごいと思わない？　ちゃんと手に取って見てよ」

寛平は自ら、行李から一枚の櫛を取り出してみせた。

柘植ではないが、見事な櫛だ。百ほどもある歯にもまったく乱れがない。磨きもき

れいで、うっとりする。ちゃんと年季が入った職人が作ったものだろう。

お瑛は思わず他の櫛をひとつひとつ取り出した。いずれの櫛も同じだった。

わずかに違っていたのは、柄があるかないかだった。

髪を梳(す)いてみたい、そんな気にさせられる櫛だ。

「ほら、どうよ。驚いたでしょ」

寛平は小鼻を膨らませている。

「私には、櫛の善(よ)し悪(あ)しはわかりませんけれど、たしかに美しい櫛ですね」

直孝がいった。

「でしょう？　それにこれ。こっちは牡丹(ぼたん)の意匠。こっちは木馬(きうま)。愛らしいでしょう」

お駒が身を乗り出して、じっとその櫛を見つめた。

「あら、お駒さんは木馬がお気に入り？　ね、あたしってなかなかのもんじゃない？」

「うん。やっぱりただ若旦那やってるわけじゃないのねぇ」

お瑛が感心すると、

「ねえちょっと、ただ若旦那やってるってどういう意味よ、お瑛ちゃん。あたしは呉服屋よ。衣裳だけ見ているわけじゃないの。簪や櫛、化粧、すべてを見てるの。この小袖にはこういう帯。半襟はこれ。しごきの色も合わせて、化粧をするならこういう化粧、簪はこれが似合うとか、ちゃんとお客に合わせて教えているのよ」

寛平は少し怒ったようにいった。

「だからさ、芝居小屋にも通うし、錦絵も参考にするの。とくに役者は流行りを作る人たちだから」

そうか。寛平は道楽しながら、学んでいるのだ。衣裳を売るだけじゃなく、ちゃんと全体を考えて、女を飾る。

言葉がちょっと女っぽいのは、そのせい——とは違うかもしれないけど。

兄さんと違うけれど、目利きであるのは間違いなさそうだ。お瑛が寛平を見ると、

「ほらほら、あたしを見る眼が変わったわよ。寛平さんってすごいって思ってるんでしょ」

小鼻をうごめかす。

お瑛は心の内でため息を吐く。こういうところはほんと兄さんによく似ている。ちょっと褒めると気をよくして、自分が一番っていう得意顔をよくしていたっけ。

「でも、これだけの櫛、いくらで仕入れたんですか？」

さすがは勘定役の直孝だ。品物を褒めておいてからささっと実務に入る。

寛平がにっと笑った。

「それがさ、一枚二十文でいいというの」

「一枚二十文？」

お瑛と直孝は同時に声を上げた。

「どう見ても、一枚百文はしますよ」

仕入れ値も安いけれど、不思議なのは、枚数だ。

「ねえ、寛平さん。どうして四十九枚なの？」

お瑛が疑問を口にすると、寛平が眼をうるませて、言葉を詰まらせた。

「この櫛は恩人の形見なんだって」

「形見をこんなに安く売っていいの？」

「安値で売ってしまってくれというのが恩人の最期の言葉だったらしいの。全部で五十枚あったんだけど、一枚だけは持っていたいから、四十九枚で勘弁してくれって。

当然よね、恩人の形見だもの」

寛平は、そういうとおいおい泣き始めた。

四

「ねえ、お駒さん、どう思う？」

泣いている寛平を直孝が慰めている隙に、お瑛はお駒に話し掛けた。

お駒は寛平が櫛を見せてから、一度も言葉を発していない。木馬の意匠の櫛を見てから茫然（ぼうぜん）としているような、そんな感じがした。

「え？　なに？」

急に我に返ったようにお駒がお瑛に眼を向ける。

「お駒さんはどう思う、この櫛」

お瑛はわざと木馬の意匠の櫛をお駒に差し出した。

「いい櫛だと思うわよ」

「ねえ、これどこの国のものかしら」

お瑛は首を傾げた。

「それは、子育て木馬っていわれているの。あたしのふた親の在所の玩具（おもちゃ）」

「お駒さんのご両親の在所？」

「そう。陸奥の小藩でね、馬の言い伝えがあったみたいで、子育てのお守り。あたしの父親は百姓だったけれど、越谷に出て商いを始めてからあたしが生まれたの。暇なときにはこの木馬を作ってた。だから、あたしの名は駒なのよ」

お駒は、ちょっとだけ哀しげな笑みを浮かべる。

子だくさんで、食べるだけで精一杯。お駒は十二になったとき、江戸からやってきた男に売られた。父親も母親もその男が女衒だなんて思いもしなかった。ただ、奉公先を世話する者だと騙したのだ。売られた先は、根津の岡場所。

「なにがなんだかわからないうちに、あたしはそこで大きくなった。きっと無事でいられたのは、おっ母さんが持たせてくれた木馬のおかげかも」

お駒は赤目の源五郎という悪に引かされて妾になって、益次と出会った。

「その木馬、いまも持っているの？」

お瑛が訊ねると、お駒はううんと首を横に振る。

「赤目の源五郎に、こんな汚え玩具は捨てろと、火にくべられちゃった。だけど大人になっても、子育て木馬を後生大事に持ってたなんておかしな話でしょ」

ううん、とお瑛は首を横に振った。

「だって、お駒さんのおっ母さんにとっては、いつまでたっても娘だもの。子が元気でいられるようにと思うのは当然よ。でも木馬はなくなっても、益次おじさんと夫婦になって、いまは幸せでしょ」

「そうね。益次さんとは、共白髪って約束したし」

「はい。ごちそうさま」

お駒が、ふふっと笑った。

「お瑛ちゃんに諭されちゃったわね。化粧もろくにできなかったのに、なんだかすっかり変わったみたい」

「あたしが？」

「うん。もう娘というより、すてきな大人の女って感じよ」

お駒にそういわれて、お瑛はくすぐったかった。自分では変わったつもりなんてまったくないのに、人の眼から見ると、違ったふうに思えるんだ。

ようやく泣き止んだ寛平が、

「で、仕入れの腕は認めてちょうだいね」

と、図々しい事をいった。

「駄目よ。たった一回。しかも、偶然でしょ。その人とはどこで出会ったの？」

と、寛平が急にもじもじし始めた。

「長太郎兄さんが贔屓にしていた両国のお蕎麦屋さん」

ああ、あそこか。どうもあの店は色々な事情を抱えた人たちが集まるようだ。

「でもね、その人、寄せ場帰りなの。だから上方に行くんだって。江戸にはもう居づらいからって。妙なしがらみも断ち切るために」

寄せ場とは、石川島にある人足寄せ場のことだ。無宿者や軽微な罪を犯した者を収容する更生施設のようなものだ。手に職のある者は、そこでも仕事が続けられ、なにもない者は力仕事や炭団作りを命じられる。お上は賃金から何割か割り引いた分をちゃんと貯めておいてくれて、出所のときに支払ってくれるのだ。場合によっては、店を持たせてくれることもあるという。

「でも、櫛職人から形見分けしてもらったってことは、その人も櫛職人だったの？」

「ううん。寄せ場に入ったときはそうじゃなかったのよ。意匠を描くほう。絵師を目指したんだけど、腕がないってあきらめて、よくない道に入っちゃったっていう話」

寄せ場で櫛職人に出会って、一から櫛の作り方を教えてもらったのだと、寛平に語ったという。

「久作さんっていうんだけど、寄せ場送りになるような人には見えなかったわね。きっと喧嘩でもして、お縄になっちゃったのね」

お瑛は眼を見開いた。

「寛平さん、いまなんていったの？」

「そういう人には見えなかったって」

「違うわよ、名前のほう」

お瑛は寛平にぐっと身を乗り出した。

寛平が、あらいやだ、顔が近すぎるわよと、仰け反りながら、

「久作さんよ」

と、応えた。

お花さんの兄さんと同じ名だ。櫛職人なら、小さな荷を背負って売り歩いていてもおかしくはない。

「ねえ、その人、甘い物が好き？」

「甘い物？　ああ、そういえばお芋の天ぷらを載せてそばを食べたいっていってた。でも季節じゃないから残念だって」

甘味好きとまではいかないけれど、お芋の天ぷらが好きというのは、ちょっとだけ証になりそうだ。

お瑛はすっくと立ち上がった。

三人が、驚き顔をする。

「ど、どうしたんですか？　お瑛さん」

あっ、とお瑛は皆の顔を見た。

お駒さんもいるし、これから益次おじさんも来る。あたしがいなけりゃいけない。でも、久作という人が江戸を出てしまったら、もう会えない。お花さんにも会わせることが出来なくなってしまう。だけど——。

お瑛は再びすとんと腰を下ろした。

「なにしてるのよ。立ったり座ったり」

寛平が妙な顔をする。

「なにかあったの？」

お駒も心配げに訊ねてきた。

なんでもない、と誤魔化してみたが、心は焦れていた。一刻も早く、お花に伝えたい。

と、お瑛は直孝を見る。

直孝がお花の処へ行くのは、なんの不思議もないけれど、でもちょっとは話をしなければならない。

しかも寄せ場送りになっていた兄がお花にいるなんて知ったら、どうだろう。悪人だけが入る場所ではないけれど、絵師を目指していたなら無宿者ではない。なんらかの罪はおかしているのだ。

道之進や直孝はどう思うだろう。お花だって、お花の母親だってそうだ。

だけど、たまたま同じ名前だということもある。もう少したしかな証があればいいのに。

「ねえ、お瑛ちゃん。眉間に皺が寄ってるわよ。あたしの仕入れの品が気に入らないの？」

お瑛は慌てて眉間の皺を伸ばした。

「そんなことないわよ。だって、こんなにいい櫛だもの。お店に出せば飛ぶように売れちゃうわよ」

「そうよねぇ。なら、なんでそんな顔するのよ。絶対、変よ。あたしがずぶ濡れで帰ってきたっていうのにさ」

寛平が拗ねたように唇を尖らせる。

あの、とお瑛はおずおずと声を出した。

「寛平さん、その久作さんって人、もう江戸を出ちゃったの？」

「おかしいわ」

寛平がすかさずいった。

「久作って人がどうしてそう気になるの？　いい加減な人じゃないわよ。寄せ場送りになったのだって、たいした罪じゃないのよきっと。盗品でもないし、それが不安なら、安心してちょうだい。あたしだって、呉服屋の若旦那よ。人を見る眼はあるんだから。長太郎兄さんよりは劣るけど、なかなかの色男だったし。歳も同じくらいかな」

以前、『みとや』は盗品を売っているという噂を立てられた。もうそんな噂はどこかにいってしまったけれど、あのときはお店の信用ががた落ちして、常連客さえ近づかなかった。

たしかにまだ噂や人の心の変わりようの怖さを感じてはいるけれど、いまはそうじゃない。それに、寛平さんの好みを聞いても仕方がない。お花さんの兄さんなら、色男に違いないだろうし。

ああ、口に出来ないのがもどかしくてたまらない。お瑛の胸がきりきりする。

「ま、でもそんなに気になるなら教えてあげる。久作さんは長屋を引き払って、昔の絵師仲間と山谷堀の船宿に行くって」

まあ、そのあとは、と寛平は言葉を濁した。

吉原へ行くということだろう。

まさか、大門の前で待ち伏せするわけにもいかない。なかなかの色男といわれても、
それだけではどうしようもない。

ないないづくしで、嫌になる。

「でね、まだ続きがあるの。どこか安くていい船宿を知らないかというから、『ききょう』がいいわよって教えてあげたのよ。長太郎兄さんとよく行っていた処な……

の」

そう、とお瑛はじろりと寛平を見る。

「そんな怖い顔しないでよ」

「大丈夫。過ぎたことは許してあげる。ありがとう」

と、にっこり笑った。

「ああ、お瑛ちゃんの素直な笑顔は怖いって長太郎兄さんに聞いていたけど、ほんとね」

寛平が身震いした。

船宿もわかった。あとはこれをどう知らせるかだ。

「ほんとにどうしたの？　お瑛ちゃん」

お駒が顔を覗き込んでくる。

「おいおい、店座敷に座らず、奥でとぐろ巻いていたら、品物盗られてもわからねえよ」

と、声が飛んできた。

五

「おまえさん」

「益次おじさん」

「久しぶりだな。元気そうだが、驚いたよ。まさか長太郎が」

うん、とお瑛は頷いた。

「弔いに出られなくて悪かったな。まだ長太郎に恨まれてるんじゃねえかと怖くてよ」

「そんなことないよ。恨んでるなら、棺桶突き破って、おじさんの胸ぐら摑んでくれたかも」

益次は笑った。笑いながら、俯いた。

「ほんに残念でならねえよ。長太郎とはもっと話がしたかった。あいつは嫌がっただろうが、おれは」

益次の言葉に皆がしんみりとする。

「あたしね、益次さんのこと、長太郎兄さんから聞いてたの」

寛平が身を乗り出した。

お瑛もお駒も、そして、益次も眼を見開いた。

「おれに、おじさんがいるって。これが悪いおじさんで、若い頃のおれを悪所に連れ回して借金作らせて、濱野屋を乗っ取ろうとした。でもおれたち兄妹にたしかな身内がいるんだ。それが知れただけでも嬉しいって。そういってたの」

「長太郎、が。そんなふうにおれを？」

「ええ、作り話じゃないわよ。だってお瑛ちゃんには聞かせられないようなこともたくさん聞いたもの。吉原とか賭場とか、岡場所」

「それ以上はやめてくれ」と、益次がたまらず叫んだ。

寛平は、口許に手を添えて、くすっと笑う。

「益次おじさん、上がって」

「すまねえな。線香だけだが」

益次は三和土に入ると草鞋を解いた。益次は江戸払いの罰を受けている身だ。本来なら、江戸に入ることは許されない。けれど、ちょっとばかりお上もしゃれたことをする。江戸を通り抜けるだけだとして、草鞋を着けていれば、市中に入ることが許されるのだ。

益次は、線香を上げて、手を合わせた。

「届いた文にもあったが、ふぐの毒に当たったってのは、本当なのかい？」

「そうなの」

と、寛平がまたも眼をうるませた。

「あたしがふぐを食べようといったばかりに」

「でも先に長太郎がつまみ食いしたそうじゃねえか。それで、他の奴らは助かったんだ。あんたもな」

「兄さんは命の恩人なのよ。だから、お瑛ちゃんのことは、このあたし寛平がしっかり面倒を見るって決めたの。兄さんにも誓ったから」

「そいつは頼もしい。おれたちは高崎だ。ときどきしか来られねえが、お瑛のことよろしく頼みます」

益次は背筋を正して、寛平に頭を下げた。

「ああ、やめてくださいな」

寛平は益次に近寄って、手を包み込むように取った。

「お任せください、あたしも含めてお瑛ちゃんの力になる人は沢山います。みんな、お瑛ちゃんと長太郎兄さんが大好きだから」

「寛平さん、泣かせないでよ」

お瑛がいうと、

「ほんとのことよ」

寛平がお瑛に首を回すと、洟水(はなみず)と涙で顔が濡れていた。

「弔いは無理でも七七日(なななぬか)は来るべきだったな」

「それもいいの。もちろん弔いは文が着く頃には終わってしまうし、七七日も近所の人たちだけで済ませたから。お店ももう開けていたし」

「お加津さんから聞いたよ。長太郎が亡(な)くなってもすぐに『みとや』を開けたってな」

「だって、ここがあたしたちの生計(たつき)の元だもの。休んでいたら、おまんまがたべられなくなるでしょう?」

益次は、そうだな、そうしてふたりでやってきたんだものな、と呟いた。

「あの、ちょっと待っててね。急用を思い出したの」

「お瑛ちゃん、急用ってなによ」

と、寛平が不思議な顔をする。

「頼まれていたことを思い出したのよ」

どうして気づかなかったんだろう。文を書けばいいのだ。

お駒にお茶を淹れてくれるよう頼んで、お瑛は、筆箱を出した。

大急ぎで、お花に向けて筆を走らせた。櫛職人の久作のこと、寄せ場に入っていたこと、これから上方に行くこと、山谷堀のききょうという船宿で宴席を開いているだろうことを一気に綴る。舟は柚木の辰吉に頼めば大丈夫だとも付け加える。吉原に繰り出すのは夕刻だろうから、早く報せないといけない。

これを直孝さんに持たせて届けさせればいいのだ。

お瑛は筆をおくと、直孝に声を掛け、文を差し出した。

「お花さんに渡してくれる？　いますぐ」

「え？　はい。わかりました」

直孝は訝しげな顔をしながらも、すぐに店を出て、雨上がりの道を袴の裾をからげて、駆け出して行った。

とりあえずはこれでよし。

でも、久作さんがまったく別人だということもある。名が同じというだけで確たる証はない。

お瑛は祈るだけだった。

二日後、お花を乗せて、お瑛は大川へと出た。

お花が大きく息を吐いた。

久作は久作ではなかった。久作の名を騙(かた)っていた伝蔵(でんぞう)という者だった。

久作は寄せ場で患(わずら)い死んだのだという。そのことは、御番所の同心である八坂さまにも調べてもらった。

伝蔵は、久作と名を変えて、人生をやり直したかったのだそうだ。八坂さまは、それぐらいなら許してやってくれといった。

寄せ場の役人に話を聞いたらしいが、伝蔵と久作は本当の兄弟のように仲が良かったという。だから、家に残してあった櫛を伝蔵に託したらしい。

でも、その寄せ場の久作が、お花の兄かどうかまではわからなかった。久作は、ちゃんとした腕のいい櫛職人だったが、買付け先の番頭と口論になり、相手を殴ってしまった。番頭も悪かったが、怪我をさせたのは久作だったので、寄せ場送りになったという。そこで、出会ったのが伝蔵だった。絵師を諦めた後、自分の絵を以前けなした版元の店で大暴れをした咎で先に寄せ場に入っていたのだ。

伝蔵は、久作の櫛職人としての腕に惚れ込み、寄せ場の作業所で、親方と弟子のようにして腕を磨いた。久作が伝蔵の絵の腕を見込んで、意匠をほどこしてくれと頼んできたという。寄せ場で作った櫛は役人によって買い上げられてしまう。が、伝蔵は、自分で意匠を施した櫛を十数枚、隠し持って寄せ場を出た。自分を認めてくれた久作とふたりで作ったという思いを抱えていたかったからだ。それから久作の職人仲間が預っていた物を合わせて五十枚になった。寛平に売らなかった一枚は、寄せ場で初めてふたりで仕上げた櫛だったのだ。

「船宿で会った瞬間にわかりんした。お瑛ちゃんがいっていたでしょう。わからない繋がりを感じると。それがまったくありんせんでした。ああ、この人は兄ではないと思ったとき、がっかりはしたけれど、亡くなった久作というお人が兄かどうかも知れんせん。まだどこかで生きているかもしれないし」

と、いいながら、お花は前髪に挿した牡丹の花の意匠をほどこした櫛に触れた。

「牡丹は花王。花の王でありんす。死んだ久作が兄だったとしても、自分に妹がいたことも、わっちが吉原にいたのも、花巻という花魁であったことも知らずにいたでしょう。けれど、この牡丹の意匠を描いてくれと、伝蔵さんは頼まれたというお話をしてくれました」

お瑛の店で、この櫛を見たときに、なにか惹き付けられたような気がするといった。

「この空の下のどこかで生きていると信じましょうよ。お花さん」

「ええ、そうでありんすなぁ。さ、勢いよくお願いしんす」

お瑛は、ぐいと櫓を押した。舳先がしぶきをあげる。舟の勢いはぐんぐん増して、荷船も屋根舟も追い越していく。

ふたりが舟にいるので、今日も店番は菅谷父子だ。

この前は、はなまきでは意外にも午前で売り切れ、店仕舞いとなった。

最近は月代を剃らず総髪にした道之進は、髪を後ろでしゅっと束ね、袖無し羽織に裁着袴の学者風。もともと見栄えがよいものだから、男よりも長屋の女房どもがお菜を買い求めに走ったのだ。

美男美女の夫婦はなにをしても得らしい、お瑛は櫓を押しながら思った。

柚木に泊っていた益次とお駒は、帰りがけの挨拶に、昨日再び『みとや』を訪れた。

益次は揚げ縁の上に並べられた櫛を見て、半分譲ってくれといった。

「うちも小間物屋だからね。江戸の物だと知れば、飛びつく客もたくさんいる」

益次は櫛を選びながら、ふと手を止めた。

木馬の意匠だ。

益次は、お駒の挿していた櫛を抜き、木馬の意匠の櫛に挿し替えた。

「これを描いたのは、おまえのふた親の在所者かもしれないな。お父っつぁんの彫ったものにはかなわねえかも知れねえが、お守りだ」

そういって、お瑛に三十八文を渡した。

櫛は、苦死と字を当てて、お祝い事には用いない。でも、その一方で櫛は苦しみや悲しみを梳き落とすともいわれる。

伝蔵が久作の名を騙ったのは、これまでの自分を梳き流すためだったのだろう。誰にも、梳いて落としたいことがある。あたしにも、お駒さんにも、益次おじさんにも。

お駒が晴れ渡った空を見上げた。

「ほんにいい天気」

涙が一筋流れたのをお瑛は見ないふりをした。

「益次おじさん。濱野屋の看板、高崎で揚げてくれないかしら？」

「お瑛、いきなりなにをいうんだ、あれは」

「いきなりじゃないの。兄さんが亡くなってからずっと考えていたことなの。やっぱりあの看板を揚げるのは、益次おじさんがふさわしい。あたしたちは、両親を亡くして、兄妹で立ち上げた『みとや』を大きくしたいんです。濱野屋を継いでくれるのは、もう益次おじさんしかいないから」

益次は考え込んだ。

「でも、お瑛ちゃん」と、お駒がいった。

「それでいいの。もちろん、あの大きな看板を高崎まで運ぶのは大変でしょうし、そのお足も出しませんけど」

お瑛は微笑(ほほえ)んだ。

「そうだな。あの看板が似合う店になったら必ず受け取りにくる」

益次はそういった。

大川で休んでいた鳥たちが、お瑛の舟の勢いに驚いて、一斉に羽を広げる。

「やっぱり、お瑛ちゃんの舟は気持ちがいい」

「辰吉さんはどうだった？」

「速くて助かったけど、なんだかお行儀がよすぎて面白うありんせん」

え？　いま聞き捨てならない言葉を聞いたような気がしたが、

「あ、風が真っ正面に当たりんす」

お花の叫び声と一緒にお瑛の後ろに飛んでいった。

三すくみ

一

お瑛は店番を直孝に任せて、蔵前通りを歩いていた。昨日のどんよりした空とは打って変わって今日は青天井に、お天道さまが輝いている。すっかり夏の陽気だ。

小引出しを包んだ風呂敷を背負っていたが、歩いているだけで、背と風呂敷の間に汗が滲んでくる。

小引出しは、指物師の徳右衛門から仕入れた物だ。徳右衛門は大名家や幕臣からの注文も受ける名人だった。眼を患い、もう徳右衛門自身は道具を取らないが、いまはその弟子の六助が懸命に修業に励んでいる。

「まことに、その五郎兵衛という隠居に届けるんですか？」

お瑛が小引出しを包んでいるとき、直孝が不満げな顔つきをしていった。

「だって、杖をついていらしたし、内金もいただいてしまったもの。お届けしないと」

お瑛さん、と店を出るとき、直孝が、妙だと思いませんか、とさらにいってきた。

「あの方はどう見ても、大店のご隠居でしたよ。なのに供も連れずに、いまは銭がないといって十文の内金だけ入れて、さらに隠宅まで届けてほしいなんて、図々しいにもほどがあります」

そうねえ、とお瑛は微笑んだ。

「けれど、大店のご隠居ならご自身でお金を持って歩くこともそうそうないんじゃないかしら」

「だとしても、あとで店の者に取りに来させるぐらいはできるではありませんか」

直孝も引かない。

「珍しいわね。そんなに気にかかる？」

「ある意味、これは『みとや』にとって新しい商いになるかもしれませんが」

お瑛は眼をしばたたいた。

直孝はいまだにがらがら声で、ときには聞き取り辛いこともある。子どもの声から大人の声に変わるのも大変だ。直孝は、咳払いをしてからいった。

「仕入れに回りながら、買い上げていただいた品をお客に届けるという商いの形です」

あら、とお瑛は思わず耳を傾ける。

「たしかに、お年寄りには助かるわよね」

むろんそれには条件がある。大量の注文を入れてくれた客や、屏風や衝立など、ひとりでは運べない物を買った客。

「肝心なのは全額支払っていただくことです。でないと、踏み倒されるかもしれませんから」

直孝はきっぱりいってお瑛を見た。

勘定役兼品定め役に、商法役も足そうかしらと考えていると、

「ただ、忙しくなればどなたか雇う必要も出て来るかもしれません。ですが三十八文屋で、そこまで手間をかけられません」

なので、此度のご隠居だけにしてください、と直孝から五寸釘でも刺されたような気分で出て来た。

よくよく考えれば、いちいち直孝のいうとおりだ。お店の奉公人が取りに来たっていいのだ。お瑛は浅草橋の脇から土手を下り、まず桟橋に荷を置いた。

でも、あの五郎兵衛がそれをしないのは、やっぱり何か理由があるんじゃないだろうか。

けれど届けるといってしまったし、隠宅は三囲神社のある須崎村だという。その対

岸は浅草寺寺領で賑わっている町家だ。仕入れにはちょうどいい。

などと、つらつら思いつつ菰を開いたとき、何かが急に飛び出してきた。

一瞬、息を呑んでから、

「きゃあ」

と、お瑛は悲鳴をあげて、尻餅をついた。

草の上を見ると、大きな蝦蟇蛙だ。

ゲロッと鳴いて、お瑛をぎょろりと見つめる。まるで、昼寝を邪魔されたというような不機嫌な顔つきだ。

もっとも、蛙に不機嫌とか上機嫌とかの表情があるかは知らないけれど、喉元を膨らませて、もう一度、ゲロッと鳴いた。

「人の舟に勝手にもぐりこまないでよ」

お瑛が文句をいうと、蛙は草をがさがさ分けて去っていった。まだどきどきしている胸を押さえながら、ほうと息を吐く。

そういえば、とお瑛は記憶の糸をたぐり寄せた。少し前は舟底に鮒が転がっていた。そのときは、川面から跳ねた鮒が気の毒にも舟に入ってしまったか、あるいは鳥がせっかく獲った獲物をうっかり落としたかと思った。が、今日の蛙も同じだろうか。

毎日舟を出すわけではないので、かわいそうに鮒は死んでいたけれど、ここ十日ほどの間に、鮒と蛙に遭遇するなんて、初めてのことだった。

もちろん、船縁（ふなべり）で鳥が羽を休めていることはしょっちゅうあるし、猫が舳先（へさき）で昼寝をしていたこともある。

別段、気にすることでもない、とお瑛はひとり呟き（つぶやき）、舫（もやい）を解いて舟に乗った。

「あらあ、お瑛ちゃん、どこへ行くの？」

橋の上から声がした。この口調、この声、寛平さんだ。

「お客さんに品物を届けに行くのよ」

「え？　そんなことまで始めたの？」

お瑛は話をするのも面倒なので、

「違う違う。これ一度だけよ。寛平さんはどちらへ？」

寛平はむっとして、欄干から身を乗り出すようにすると、

「お瑛ちゃんの処（ところ）にきまっているでしょ」

つんけんしていった。

「なら、直孝さんがお店番しているから、詳しい話を聞いてね。あたし、急ぐから」

棹（さお）を握ると、寛平が慌（あわ）てて、

「待ってよ。なら、あたしも行く」

急いで橋を渡り、桟橋に下りてきた。

「お瑛ちゃんひとりじゃ心配だもの」

「でも、三囲神社近くの隠宅に行くだけよ。ご隠居さんがひとり暮らししてるだけ」

「なにをいってるの。隠居でも男のひとり暮らしの家になんか行っちゃ駄目よ」

長太郎さんにあたしが叱られる、と袖口で目尻を押さえる。

そんな大袈裟な、とお瑛が呆れていると、

「おいおい、若い娘が大の男を泣かしてやがる」

橋の上から冷やかしの言葉が飛んできた。どれどれ、と人が立ち止まり始める。

「早く乗ってよ、寛平さん。みっともないから」

お瑛が寛平の手を引いて、舟に乗せると、

「よ、娘船頭の道行きか」

笑いが弾け、お瑛は顔を伏せて棹を使った。

まったくもう、とお瑛は寛平を睨めつけながら棹を置き、櫓を握る。

「しっかり船縁に摑まっててよ。一刻も早く行きたいんだから。品物を届けたら、仕入れに回るつもりなの」

「わかったわよ」

寛平は拗ねた口調でいったが、お瑛の舟の速さは身を以て知っているので、船縁を両手でしっかり摑む。

大川は陽射しを受けて、川面をきらきらと輝かせている。他の舟が立てる波もまるで光の帯のように見える。

お瑛はぐっと前屈みになると、今度は思い切り上体を後ろに反らす。舟はぐんと速度をまして、川面を飛ぶようにすべる。

「お、お瑛ちゃん、いつもより速くないかしら？」

「なにいってるの、いつもこんなものよ。今日は寛平さんが乗っているから、力を抜いてるくらいよ」

「なんだか、顔つきも凛々しいんだけど」

「当たり前でしょ。舟を操るのは大変なのよ。大川は舟の行き来も多いから、いつでも眼を配っていなきゃいけないの」

お瑛は櫓を懸命に押す。汗が額に浮き出る。風が身を通り抜けていく。気持ちがいい瞬間だ。

「ねえ、お瑛ちゃん。舟のね、端っこにね」

「もう黙っててよ。着いたら聞くわ」

お瑛にぴしゃりといわれ、寛平が黙り込む。

吾妻橋を潜って、少し行くと源森川の河口がある。三囲神社までは、あともうひと頑張りだ。隠居から聞いた隠宅は、大川と源森川の合わさる処に建つ水戸藩の抱え屋敷からすぐということだった。抱え屋敷を過ぎたら、桟橋が出ているから舟はそこに繋げばいいと教えてくれた。

寛平はほとんど無言で舟底に張り付いている。お瑛は、ひと息に櫓を押して舟を進めた。

二

五郎兵衛から聞かされていた桟橋に舟を繋ぐと、

「寛平さん、下りて」

お瑛は声を掛けた。しかし、寛平は舟底に腹這いになったまま動かずにいた。それほど乱暴には漕いでなかったはずなのにと訝りながら、

「どうしたの？」

お瑛は風呂敷包みを再び背負った。

「大きななめくじがこっちを向いてるの。助けて」

情けない声を出した。

「なめくじ？」

「あたし嫌いなのよ。ぬめぬめして、ぬるぬるして、ずるずる這ってくるのが」

寛平の言い方のほうが、よほど気味が悪い。と、お瑛は舟を出す前に飛び出してきた蝦蟇を思い出した。それと、なめくじ……これで蛇がいたら、三すくみじゃないの。お瑛もぶるっと身を震わせた。どういう偶然かしら、と荷を背負い直した。

「寛平さん、まさかと思うけど、その近くで蛇がとぐろを巻いていないわよね？」

やめてよぉ、と寛平が耳をふさいで、舟から軽業師のように飛んで出た。

「ああ、もう嫌だったら。蛇なんかいたら大川に飛び込んで逃げたわよ」

寛平さんが泳げるとは知らなかった、と妙に感心していると、

「溺れるほうがましだって意味よ。けど、なんでお瑛ちゃんの舟になめくじなんかいるの？」

寛平は怒ったようにいう。

「あたしだって、わからないわよ。だいたいあたしが菰をめくったときには蝦蟇が出

て来たのよ」

蝦蟇――と寛平の頭がくらっと回って、足下がぐらついた。思わずお瑛は寛平の身を支える。

「大丈夫？　しっかりしてよ。その前は鮒だったんだけど」

鮒？　と寛平はまたくらりとしたが、急にしゃきっとして、鮒はべつに怖かねぇと低い声でいった。

　でも、なめくじは駄目なのよぉと、お瑛にすがってきたので、仕方なく拾った木の枝の上になめくじをのせて、草むらに放り投げた。

　寛平が指を組んで、憧れるような目付きをしていた。

「お瑛ちゃん、頼りになるわねぇ。うちのお里もごきかぶりを平気で叩くんだけど、女子って妙に強いところがあるわよね」

　変に頼られても困るけれど、こっちだって好きでやってるわけじゃない。お里さんも、嫌々退治しているのだろう。ごきかぶりといつも顔を合わせたくないからだ。

「ともかくその五郎兵衛っていうご隠居のお宅へ行きましょう。お足はもういただいているんでしょ」

「十文だけね」

「なあにそれ？　隠宅構えているほどの人なんでしょ。どういうつもりなんだか。なんて吝嗇。それで届けることになったのね」

と、さっきとはがらりと変わって強気の寛平だ。やはり商売となると眼の色が違ってくる。

「そんな半端な売り方はだめよ。お瑛ちゃんのところはそれでなくとも利の薄い三十八文屋なんだから。余計なことはしちゃ駄目」

こうして舟を出すとか、届けるとかしていたら時間の無駄なの、とまくしたてる。

はいはい、と心の内で返事をして歩き始める。

水戸藩の抱え屋敷の脇道を行き、小梅村と須崎村の境の道を進むと、遠くに三囲神社を囲むこんもりした樹林の手前に、ぴかぴか光る瓦屋根の屋敷が見えた。

まさか、あのお屋敷かしら、とお瑛は眼を疑った。あんな立派な隠宅だとは思わなかった。瀟洒な庵のようなものを思い描いていたのだが、大きな百姓家を改築したようだった。

黒塀からは竹林が見えた。さぞかし庭も丹精されたものなのだろう。屋敷近くまで来ると、木の香りがした。まだ改築されて間もないのか、檜の匂いだ。

「なんだか嫌味な屋敷ねぇ。これでもかって贅沢な造りをしてる。こんな静かな処で周りは畑だらけ。盗人に入れといわんばかりよ」

寛平が文句を垂れた。

「そんな物騒なこといわないでよ」

門の扉は閉ざされていて、人の気配も感じられない。

お瑛は背伸びをして、

「ごめんくださいまし。『みとや』です。品物をお届けにあがりました」

と、大声で叫んだ。

だが、屋敷は静まりかえっている。

「こんな大きな隠宅なのよ。裏口なら誰か奉公人か飯炊きの女中がいるかもよ」

寛平にいわれ、ふたりで裏へと回った。

「もし、どなたかいらっしゃいませんか。茅町の『みとや』から参りました」

と、再び大きな声で呼び掛けた。

すると、勝手口の戸が開いて大柄で色白の年増が面倒くさそうに顔を出した。きゅっと眉を寄せると、女中とおぼしき年増は大福餅を頬張りながら、

「どこの誰だって？」

そういって、眼を眇めた。

「茅町にあります三十八文屋の者です。こちらのご隠居さまがお買い上げになられた小引出しをお届けに上がりました」

女中は、指についた粉を前垂れで拭くと、木戸の閂を開け、

「じゃあ、あたしが受け取っておくから。ごくろうさま」

と、いった。

ちょっと失礼よね、と寛平が小声でいったが、お瑛はそれを聞き流し、女中へ向けてきっぱりいい放った。

「いえ、内金だけのお支払いでしたので、残金の二十八文も頂戴しに参りました」

「それくらいまけてくれてもよくはないかえ？　小娘の遣いのくせにしっかりしてること。ねえ、ご主人、いいでしょう？」

女中は寛平へ流し目をくれて口調を変える。

「違うわよ。あたしは主人じゃないの。この娘が『みとや』の主。あたしは付き添いよ」

まあ、と女中は驚き顔をしてお瑛へ視線を移した。

「さきほど申し上げましたが、うちは三十八文屋です。これ以上、高く売りつけたりもしませんが、安くすることもいたしません」

女中はむすっとして、

「で、うちのご隠居が買ったというのはどういう品なの？」

「小引出しです。文などを入れるものです」

はあ、また道楽ね、ちょっと待ってて、と女中は身を返して、奥に引っ込んだ。

「五郎兵衛さまぁ。茅町の『みとや』でなにかお買い上げになりましたか」

大声で叫んでいるのが丸聞こえだった。

「はい。わかりましたよ。でも勝手に出歩くのはおやめくださいといったでしょうに」

「大店の奉公人にしては、ちょっとばかり品がないわね。それにあたしたちを表に立たせたままっていうのもよくないわ」

寛平が憮然（ぶぜん）としている。

態度も粗野で言葉遣いも荒い。見た目も美人とはいえないが、細目でぽってりした唇はなんとなく色っぽい。

しばらくすると、杖をついた年寄りが現れた。女中の肩に手を置いて歩いて来る。五郎兵衛だ。大柄な女中に小柄な五郎兵衛。まるで大木に止まっている蟬（せみ）のようにも見えた。

「おお、あんたか。待ってたよ。早速届けてくれるとはありがたい」

「恐れ入ります」

「ま、ちょっと上がって行きなさい。おしま、この人たちに麦湯を」

はいはい、とおしまが隠居に背を向けたとき、五郎兵衛はさりげなく、するりとおしまの尻を撫(な)でた。

それでもおしまは何事もなかったように、茶碗(ちゃわん)の用意を始めた。

「ささ、上がりなさい」

お瑛と寛平は勝手の三和土(たたき)から、屋敷へと入った。中に入ると檜の匂いがさらにした。

ほんとうにまだ建て直したばかりなのだろう。勝手にあるよく磨かれた太い大黒柱は、年季が入っているが、あとはほとんど新しい材木が用いられているようだった。

お瑛が木の香りを感じているのがわかったのか、五郎兵衛が、相好を崩した。

「まだ越して三月もたっとらんでな。いい香りがするじゃろう」

「ほんとうに。い草の香りもいたします」

「だろうだろう。女房と畳は新しい物に限るというが、まことまことと」

冗談だか本気だかわからないが、ともかく五郎兵衛は機嫌よく、庭がよく見える座敷にふたりを案内した。杖を支えにして座ろうとする五郎兵衛にお瑛は手を借した。

「ああ、すまないね。さ、あんたたちも座りなさい。おおーい。おしま。麦湯はまだかね」

「ただいまお持ちいたしますよ」

おしまのぶっきらぼうな声が返ってくる。

「ま、あれでなかなか働き者でな。大柄な女子は、肌もむちっとしてよいものだ」

寛平がすっとお瑛に身を寄せ、

「さっき、お尻を撫でたでしょ。要は妾ってことよね」

こっそりいった。

お瑛は包みの結び目を解いて、小引出しを五郎兵衛に差し出した。

「おお、これだこれだ」

五郎兵衛は小引出しを舐めるように眺めた。引出しは三段。大きくはないが、引き手の飾りは凝った細工がほどこされている。

と、そこへおしまがはいってきた。

乱暴に盆を置くと、三人に麦湯を配り、自分もちゃっかりそこに残った。

「これが預かり証でございます。残りは二十八文。お支払いをお願いいたします」

うむ、と五郎兵衛は頷いたが、急に妙なことをいい出した。

「三十八文というのは、この小引出し全体の値であろう？」

「もちろんそうですが」

お瑛は不思議に思いつつ応えると、五郎兵衛が唸った。

「わしはな、この金物だけがほしいんだ」

「金物だけと申しますと、引き手の飾り金具のことですか？」

「そう。だからすでに十文払っておるから、あと五文でよかろう？」

「それは無理でございます。金具だけがほしいから、十五文にするなどという商いはございません」

「そうよ、勝手なことといっちゃ困るわよ」

寛平が身を乗り出す。

「引出しがあって、金具があるの。じゃなけりゃ使えないでしょ」

五郎兵衛は不愉快そうな表情で、

「娘さんや、わしはこの小引出しをお宅の揚げ縁で見つけたとき、なんといったかな？」

問い掛けてきた。

えっと、お瑛は考え込んだ。

「たしか、金物の意匠が素晴らしいと――」

「そうだろう？　だからわしは金物にだけ銭を払うつもりでいた」

「あら、じゃあご隠居さんが正しいんじゃないの」

おしまは横座りにくつろいで、煙草盆を引き寄せ、くすくす笑う。

「屁理屈にもほどがあるわよ。こんな豪華な隠宅をあたしたちに見せつけておいて、金物だけがほしいから、二十三文負けろなんて、そんな道理が通るわけないでしょ」

五郎兵衛は、ふうんと腕を組んだ。

「わしが鯛を買うとき頭だけでいいというと、魚屋は喜んで負けてくれるぞ」

はあ、とお瑛はぽかんと口を開けた。

魚は身と頭を分けても売れるけれど、引出しはそうでないってことがわからないのかしら。それとも、生粋の屁理屈屋か吝嗇なのかしら。

「ともかく、三十八文はまかりません。これ以上値を下げてしまうと、店の損になります」

「損して得を取れともいうぞ」

五郎兵衛もしつこい。

「あのね、ご隠居さま。この引出しは指物名人のお弟子が造った物なの。このお瑛ちゃんと名人の信頼があって、仕入れてこられるものなのよ。引出しがちょっとずれているから、卸しには出せなかったの」

「ならば、売り物にはならん物ではないか」

それで銭を取るのはけしからん、といい出した。

「それは名人の眼から見てなの。素人目にはまったくわからないの。この引出しだって、お弟子の造った物とはいえ、一朱はするかもしれないんだから」

お瑛はちらと寛平を見る。一朱はちょっと言い過ぎだ。亀戸の指物師の徳右衛門さんはいいとこ二百文だといっていた。それは師匠としての手厳しさが言葉になったものだと、お瑛は思う。

と、五郎兵衛がいきなり色めきたった。

「この引出しが一朱？　それを早くいわんか。そんなに高価な物であるのか。やはり金具がついてこその引出しだからな」

高価だと聞いた途端にころりと態度を変えた。

「ささ、早く二十八文持っておいで」

と、おしまの手をぽんぽんと優しく叩いた。おしまは鼻唄まじりに、座敷を出て行く。

銭を受け取ると、追い立てられるように屋敷を出された。舟に戻るまでの道すがら、寛平がふと口にする。

「あの五郎兵衛って隠居、吝嗇ではあるけれど、じつは蒐集家ね」

わかったふうな口を利いた。

「蒐集家？」

寛平があらという顔をしてお瑛を見る。

「あの金具の意匠を見て思ったのよ。あたしは口にしたくはないけどね」

「蛙となめくじと蛇の三すくみでしょ」

おお、嫌だ嫌だ、と寛平は胸の前で腕を組んで、身震いした。

「蒐集家って色んなものを集めて、同好の士同士で自慢し合うんでしょ」

「その会が行われるのが、あの屋敷なのかもしれないわね。だから豪勢な造りにしたんじゃなくって？」

ふうん、とお瑛は頷いた。

「蒐集にも色々あるからね、刀の鍔の意匠だったら、七草とか、四神とか。十二支の根付けもあるだろうし。あの五郎兵衛さんは金具の意匠ね」

そういえば、引出しに付いている金具にも色々な意匠が施されている。花も多いけど、唐草や龍なんかもある。

「そういう物で考えると、三すくみが施された引出しが珍しかったのね」

だとしても、値切ってきたのはたいしたものよ、とさすがの寛平も呆れ顔だった。

「きっと今度は錺職を教えろってくるかもね。でも蒐集家は自分の好みで造らせるのは御法度なのよね。すでに造られたものをあえて集めるのが楽しいみたいだから」

「いろんな人がいるのねぇ」

お瑛は、少し傾いたお天道さまを見上げた。

「ねえ、浅草に回るんでしょ？」

「ええ、兄さんがお世話になっていたお店がいくつかあるから」

あのさ、お瑛ちゃん、少し、のんびり漕いでね、という寛平の言葉は聞き流した。

三

寛平とともに浅草界隈を仕入れに回った。五郎兵衛のことが気になって、妙に揃いものが眼に入ってきて困った。

「扇子なんかもさ、春夏秋冬の景色の柄を集めるとか、簪もそうね。いろんな模様があるでしょう？　吉祥模様で揃えるとか」

「やめてよ、寛平さん。あたしの頭の中まで、なにか揃えで仕入れなきゃって気分になってくるから」

　すると、寛平がそわそわし始めた。

「お瑛ちゃん、お腹空かない？　仕入れのときは、にこやか、爽やかじゃないとね」

　妙な理屈だけれど、一理ある。お瑛の眼にふと入ったのはうどん屋だ。

「寛平さん、おうどん食べる？」

「うどん？　江戸っ子はおそばじゃないの？　それにあたしは、どじょうの柳川がいいんだけど。せっかく浅草なんだし」

「駄目です。仕入れのお金に手をつけるわけにはいかないから。うどんもどじょうも長いからいいでしょ」

「そんな理屈？　お金ならあたしが出すわ」

「それも駄目。いまは『みとや』の仕入れで回っているのよ。そこはきちんとけじめをつけなきゃ」

お瑛ちゃんたら真面目すぎよぉ。長太郎兄さんはまったく気にしなかったわよ、という寛平に、

「兄さんは兄さん。あたしはあたし」

渋る寛平を無視して、お瑛はさっさとうどん屋に入った。

昼刻も過ぎて、店には客がふたりいるだけだった。

「おいでなさいませ」

年増女が板場から威勢のいい声を上げた。

お瑛と寛平が小上がりに上がると、板場から男児が走り出て来た。眉が太くて、気の強そうな子だ。

「庄次、お客さんの注文聞いておくれ」

なんだよ、裏店の仲間と遊びに行くってのによ、とぶつぶついった。歳は八つか九つといったところか。

お瑛たちの許にむすっとした顔つきでやって来ると、

「なににするんだい。早く決めとくれ」

と、素っ気ない口調でいった。

「あらまぁ、商売ってのはもっと愛想良くしなけりゃだめよ」

寛平がたしなめると、こうかい、といって揉み手をしながら、にたぁっと笑う。

寛平は、あらいやだ、と袖口を口許に当てて仰け反った。

「ちっ。かけでいいだろ。銭持ってなさそうだしよ」

「なんて失礼なのかしら。あたしはね」

「寛平さん、いいわよ、かけで」

お瑛がそういって、庄次と呼ばれた子に、

「かけをふたつ、ちょうだい」

と、顔を向け、頼んだときだ。

庄次の眼が一瞬、お瑛に釘付けになった。が、すぐに身を翻し、

「おっ母さん、かけふたつだ」

と叫んで店から飛び出て行った。

「なに、あの子」

寛平が眼で追いながら口許を曲げた。

「すみません、遊びたい盛りなもんですから」

板場から母親が首を伸ばして、頭を下げる。

と、縁台でうどんを啜っていた職人らしき男がいった。

「なにいってんだい、おときさん。庄次ほどの働き者はいねえぜ。朝夕晩とおときさんの手伝いしてよ。朝早くから掃除して、いつも店も表も気持ちがいいぜ」

「ありがとうございます」

「まったくだ。あんなにおっ母さん思いのガキはそう見当たらねえよ」

連れの男も頷いた。ふたりはこの店の常連のようだ。

へえ、と寛平は疑わしそうに唇を歪めた。

「けどさ、あの庄次って子。お瑛ちゃんを見て、驚いたような顔したわよね」

寛平にいわれるまでもなくお瑛も気づいていた。

「あたし、そんなに変な顔してた？」

お瑛は自分の頬を指先で引き上げる。

「そんなことないわよ。いつもの顔だけど」

こういう時、長太郎兄さんだったら、いつも通り、大福餅に目鼻だよといっていたに違いない。でも、兄さんとふたりでこうして外で食事をすることはなかったなぁと、お瑛はぼんやり思った。兄さんはしょっちゅう外で飲み食いしていたけれど、あたしは店番だったから、しかたがない。たまの外食でも、『柚木』のお加津さんの処だった。お加津さんは、ふた親と家を失くしたあたしたち兄妹を育ててくれた人で、店はもう実家のようなものだから、外食という感じはまるでない。

「お待たせしました」

盆の上のうどんに玉子焼きとかまぼこが載せてあった。

「あの、あたしたちが頼んだのは、かけですけど」

「いいえ、庄次が失礼なことをいたしましたので、そのお詫びです」

「こんな立派なお詫びはいりませんよ」

お瑛が思わずいうと、

「こんな物で立派だなんて、こっちが恥ずかしくなりますよ。遠慮なく召し上がってくださいな」

汁は少し甘めだが、細めのうどんはつるりと喉越しがよく、小麦の味もしっかりしていた。

「美味しい」と、お瑛は声を上げた。

「ほんとに。この玉子焼きも甘めの汁によく合うわね。お汁はみりんと、いい鰹節をたっぷり使ってるし」

寛平も夢中で頬張っている。

ふとお瑛の耳にさきほどの常連らしき職人ふたりの話が入ってきた。三和土には道具箱のような木箱が置かれている。大工のようだ。

「元は百姓家といっても、畑の中にあんな豪勢な屋敷じゃ、目立ってしょうがねえな」

「しかも、あの隠居、女房に追い出されたそうじゃねえか」

「それで自棄になったってわけかい」

「おれたち貧乏人にゃかかわりねえけどな。仕事にありつけりゃいいんだ」

と、ふたりでげらげら笑う。

「寛平さん、聞いた？」

お瑛が小声でいうや、寛平がすっと腰を上げ、板場に向かい女将のおときに酒を頼んだ。おときが酒を出すと、

「あたしが運ぶから」

寛平が、訝るおときから盆を取り上げ、男ふたりに近づいてちゃっかり縁台に座る。

「なんだよ、おめえさん」

「まあ、いいから一杯やってよ」

「おう、こりゃ済まねえな」

「いまね、兄さんたちの話が聞こえちゃったんだけど、もしかしたら須崎村の隠居の

こと？」

男ふたりは、むっと口を噤（つぐ）んだ。

「そいつは、なあ」

中年の男が細面の若い男に、気まずそうにいった。

「変な気を回さないで。もともと百姓家だったんでしょ。あんなに立派なお屋敷にしたのは、たいした腕だなぁって思ったのよ、棟梁（とうりょう）」

おれは棟梁じゃねえよ、と中年男はまんざらでもないような顔をして、ま、もうちょっとかな、とぼそっと呟いた。

寛平は中年男の大工を持ち上げつつ、するっと懐（ふところ）の中に入り込む。やはり、呉服屋の若旦那（わかだんな）だ。客あしらいは身に染（し）み込んでいるのだろう。ちょっと見直したというより、あたしも見習わなくちゃと思った。

中年男がふと我に返って、

「で、あんたは誰だい？」

「あ、あたし？　あたしはあそこにお出入りしている呉服屋なのよ。ほら、ちょいとふくよかで色っぽい年増がいるじゃない？　少し前から、雛形（ひながた）持って行くんだけど……」

と、嘘をつく。

「なんだか怪しいわよね。隠居の世話に来ている女子にしては、ちょっと」

中年男が、卑しい笑みを浮かべた。

「なんだい気づかなかったのかい？　あの女は隠居の妾だ」

あら、と寛平はわざとらしく驚いた。その様子に気を良くしたのか中年の男が、ふふんと鼻から息を抜いた。

「無駄足だよ、旦那。誂えものの呉服なんぞ買うもんかい。あそこの隠居はしわいので有名なんだ」

中年男は寛平に注がれた酒をくいと飲み干す。

「あらあ、あんなに立派なお屋敷じゃないの」

「ケチなくせに見栄っ張りだって、山谷堀あたりじゃ有名なんだよ」

「まさか船宿の主人だったとか？」

「『梅若』って知ってるかい？」

梅若――お瑛も聞いたことがある。大きな船宿だ。船宿は舟を頼むところだが、料理も出している。山谷堀の船宿は、吉原へ繰り込む客が多い。

「ええ？　梅若なの？　そりゃあ、あれだけの隠宅にもするわね」

寛平はわざとらしく大声を上げた。

「どんどん呑んでよ。なにか肴も頼む？」

「悪いなぁ」

中年男は顔をほころばせた。すると、若い男のほうが、肘でこづく。

と、急に中年男は真面目な顔つきになり、小声になった。

「まあよ、お客のことはあんまりいえねえがよぉ、道楽には銭は惜しみもなく出す、妾は囲う。女房としては腹もたつわな」

にしては、三十八文を値切ってきた、とお瑛は、うちの店の足下をみたのかしらと、ちょっとばかり不快な心持ちになる。

「それにあすこは三すくみなんだよ」

お瑛の耳がぴくりと動く。

「隠居が蛙で、女房が蛇、妾はなめくじだ」

「あらやだぁ、もうその話は真っ平なのに」

「なんでぇ、知ってるんじゃねえか」

中年の大工が寛平を睨めつける。

「違うわよ。蛇もなめくじも蛙も苦手なのよ」

情けねえな、兄さん、とふたりの大工が笑う。

「もっともあの界隈じゃもう噂（うわさ）にもなってねえ。まことの話だからな」

お瑛は、うどんを啜りながら、思い描いた。

蛇は蛙をひと呑みにするが、なめくじは蛙にぺろりと食われる。けれど、なめくじには蛇の毒が効かないので、蛇はなめくじを食べない。それぞれが、それぞれの強さを知っているので、互いに身動きがとれなくなるということだ。

つまり五郎兵衛の処だと、女房は五郎兵衛に強くて、五郎兵衛は金持ちという点で妾に強い。でも女房は若さで妾に太刀打ちできない。

なんだか世の中面倒くさいのか、よく出来てると思えばいいのかわからなくなってくる。

その五郎兵衛が購（あがな）ったのが、三すくみの金物の意匠がついた引出し。

自分たちが、そんなふうにいわれていることを承知で買ったのかしら、とお瑛は首を傾（かし）げたくなった。

四

うむむ、と直孝が唸っていた。

「ね、どう思う？」

お瑛は店座敷から続く居間で仕入帖に書き込みをしながら訊ねた。

浅草で仕入れた品は、股引三枚と傘が二本、それとやはり五郎兵衛のことがひっかかっていたのだろう、錺金具のついた文箱がひとつ。

見た目にもよいものだったが、塗りの一部に傷がついてしまったので、売り物にはならないからと二十文で譲ってくれた。

その店で『みとや』だと名乗ると、あの長太郎さん自慢の妹さんか、と主人にいわれた。お瑛は胸を熱くしたが、寛平が涙ぐんでいまにも号泣しそうだったので、早々に辞去した。

寛平はいま、せっせと夕餉の支度をしてくれている。

「誰かに舟を貸すことはあり得ませんよね」

筆を止めたお瑛は、そういえば、とひとりの人物を思い浮かべた。

「二度ほど猪の辰に貸したことがあるわ。櫓臍の具合がおかしいからって」

「それはいつのことですか？」

お瑛は眉間に皺を寄せて考える。

「たしか、舟底に鮒が転がっていた前々日と……蛙となめくじがいた前日」

寛平が、鍋を持って居間にやって来るなり、

「じゃあ辰吉さんの仕業ね」

と、決めつけた。

それを聞いた直孝がさらに唸った。

「それにしては、幼稚すぎますよ。だいたいお瑛さんに悪戯をする理由が見当たりません」

「でも、わからないわよ。男だって嫉妬するもの。お瑛ちゃんの舟のほうが速いとか、お瑛ちゃんがなかなか振り向いてくれないとか」

は？　なにをいいだすのかと思えば、そんなこと、とお瑛は呆れて寛平を見る。

火鉢の五徳に鍋を載せて、菜箸で青菜に豆腐、剝きあさりを突つきながら、

「辰吉さんはきっとお瑛ちゃんにほの字よ」

お瑛はぽかんと口を開けてから、噴き出した。

「あり得ない、あり得ない。だって――」

いつも猪牙舟勝負と勇んで挑んでくるんだもの。

辰吉とは船頭仲間、と寛平に告げると、

「船頭仲間だと思っているのは、お瑛ちゃんだけかもよ。辰吉さんはお瑛ちゃんがそういうから、我慢をしているんじゃないの。本心を胸の奥に懸命に隠して」

寛平は握った菜箸を胸元にあて、ため息を吐く。惚れた女に本音がいえない、切ない男心っていうやつさ、と芝居口調で悦に入る。

もうやめてよ、とお瑛は困り顔で直孝へ目を向ける。直孝も呆れ気味だ。

「お瑛さんの気を引くためと考えれば、寛平さんのいうこともわからなくはありませんが」

「でしょう？　直さん。なんでこんなことするの？　とお瑛ちゃんが辰吉さんに文句をいいに行くでしょ。そうすると、こうでもしなきゃ、おめえは会ってくれねえじゃねえか、と辰吉さんが真剣な顔でいうのよ」

若いふたりっていいわね、と寛平は勝手に妄想を膨らませている。

辰吉とは、柚木に行くたびに顔を合わせているが、普段どおりに話をするだけだ。

「しかしですね、鮒だの蝦蟇だのでお瑛さんを怒らせたところで、辰吉さんにはなんの利もありません」

やはりこれは偶然か、お瑛さんに恨みを持った者のやったことでしょう、と直孝がいい切った。

あたしが誰かに恨まれている？　そんなことあるかしら。

寛平が急に真顔になった。

「お瑛ちゃんには覚えがなくても、相手にはあるってことも考えられるでしょ。妬み嫉みもそういうものじゃない」

あの幼馴染みにしても、と寛平が哀しそうにいった。

おせんちゃんのことだ。あたしが兄さんと幸せに暮らしていることを妬んでいた。あたしがまったく知らないところで、おせんちゃんはあたしを羨んでいた。いまはもう、そんな気持ちはなくなって、時々、店にも来てくれるようになった。兄さんの弔いのときにも、養父母と一緒に参列してくれた。

「お瑛ちゃんもわかっているはずよ。笑っている顔の下も笑顔だと思っちゃいけないの。だから人って怖いのよ。ときには疑ってかからないと。お瑛ちゃんは人が好過ぎるし、素直過ぎるから」

商売人は、特にそう思わなくちゃいけないのよ、と寛平がいった。

「いつの間にか、知らない誰かに恨まれることだってなくはない。いまは、ただの悪戯に過ぎないけれど、これがどうなっていくのかわからないもの」

珍しく真剣な顔つきの寛平の言葉に、お瑛もわずかながら不安が湧き上がる。

「これ以上、なにか起きるようでしたら、八坂さまのお知恵を拝借いたしましょうか」

直孝がいった。

お瑛は首を横に振る。

八坂与一郎さまは、ひとりになったお瑛をなにかと気遣って、このあたりもよく見回ってくれている。

「悪戯かどうかもわからないし、お忙しい八坂さまのお手を煩(わずら)わせることもないわよ。ふたりとも、ごめんね。あたしがちょっと気にし過ぎたのよ」

蝦蟇とかなめくじとか薄気味悪いものね、と、お瑛は努めて明るい声をだす。

「直孝さん、そろそろ店仕舞いしましょう」

そういって、笑ってはみたものの、やはりどこか気味の悪さが残っていた。

「なんでもかでも三十八文。あぶりこかな網三十八文。枕(まくら)、かんざし三十八文。はしからはしまで三十八文」

須崎村の隠居の屋敷へ行ってから三日後、今日は久しぶりにお瑛が店座敷に出ていた。

寛平は一度家に帰り、直孝は父親の道之進の手習い塾の手伝いだった。

「どうだな、お瑛。仕入れは順調かの」

ご隠居さまが顔を出した。むろん五郎兵衛ではなく、元は火付盗賊改方の御頭まで務めた、常連の森山孝盛さまだ。

「おいでなさいまし。まだ兄さんほどとはいきませんが、品物はきらすことなくやっております」

ご隠居は、うむうむと頷いた。

「それは重畳。長太郎は口がうまかったからのう。くらべても詮無いことだ。お瑛はお瑛なりの仕入れをすればよい」

「あたしなりの仕入れ、ですか？」

「そうだ。『みとや』なら、いやお瑛ならば信用できると、相手に思わせることだな。長太郎も信用されていたと思うが、お瑛には素直な心がある。人を疑わずに信じる心だ。それを皆に感じてもらえばよい」

お瑛は頭を下げる。

「そう出来るよう励みます。でも、ちょっと前には、寛平さんからあたしは人が好過ぎるっていわれました。ときには疑ってかからないとって」

なるほどのう、とご隠居は静かに微笑んだ。お瑛はお瑛の良いところを伸ばし、活かせばいいのではないか？」

「たしかに、それも必要ではあろうが、お瑛はお瑛の良いところを伸ばし、活かせば
あたしの良いところ……か。いまはまだ兄さんが仕入れに行っていたお店を回っている。兄さんが『みとや』の信用を作ってくれたお店ばかりだ。だから仕入れもしやすいし、甘えることも出来る。でも、これからは、あたしがあたしなりに信用を得て、仕入れの出来る新しいお店を探さなければならない。

あたしは、まだ皆に頼ってばかりのような気がする。

と、ご隠居がちらと首を回した。

「はす向かいの四文屋も相変わらずの盛況で結構なことだのう」

「ええ、ほんとに悔しいくらいです。人の女房になっても、お花さんは大人気。それに、いまはもうひとり、おしずちゃんという愛らしいお手伝いさんがいますので」

「ははあ、ますます四文屋は大流行りだ。そのうち番付にでも載りそうだな」

「そうかもしれませんね」

ご隠居が、揚げ縁の上の文箱を見て、おっと目を見開いた。

「これは、いい物だな。お瑛が仕入れたのか」

「はい。塗りの部分が削れてしまっているからと、安く仕入れさせてもらいました。兄さんも時々お世話になっていたお店でしたので」

ご隠居は手に取って、じっくりと眺めた。

「これぐらいの削れなど、蓋(ふた)で隠れてしまうからなんということもない。それより、この金物が素晴らしいのう。鶴亀(つるかめ)か。縁起が良い」

お瑛はちょっと顔を赤くした。五郎兵衛のせいで、銹金具がついている物を選んでしまったからだ。

「どうしたな」と、ご隠居が怪訝(けげん)な表情をして訊ねてきた。

「じつは、銹金具がお好きなお客さまがおられて、仕入れのときにそれを思い出して」

「ははは、それでこの文箱か。なるほど。では、三十八文——」

ご隠居が文箱を手にすると、襟元をだらしなく開いた年増女がふらりとやってきた。

五郎兵衛の妾のおしまだ。

五

おしまは『みとや』をくるりと見回した。

「ここね、うちのご隠居が引出し買った店。ずいぶん小さなこと。ああ、『みとや』って屋号は、三十八文屋だからなのね」

「先日は、お買い上げありがとうございました」

はあ、とおしまは後れ毛を撫で付けた。

「おかげさまで、ご隠居はご満悦」

近々、蒐集家仲間を集めて披露の会を催すという。しかし、引出しだけではもの足りないから、あの意匠を造った錺職を教えてもらって来いといったらしい。

寛平がいったとおりになった。

「申し訳ございませんが、錺職までは存じ上げません」

お瑛が応えると、おしまは途端に不機嫌な顔つきになった。

「知らないの？　せっかくここまで来たっていうのにさ。あら、お武家さま、ちょっと失礼いたします」

おしまは、森山のご隠居が手にしていた文箱に無遠慮な眼を向けた。

「鶴亀の意匠がついてるじゃない。ねえ、お武家さま。これあたしに譲ってくださいな」

むう、とご隠居が唸った。

「わしが先に見つけたのだがな」

「そんなことといわずにお願いしますよ。あたしの主は、こういう金物に目がないんです。それに、ご身分のありそうなお武家さまがこんな店で買うことはないじゃありませんか」

おしまは甘ったるい声を出した。

その態度があからさますぎて、口許を曲げたご隠居が珍しく口調を強めた。

「こんな店とは、主に失敬なことを申すな。わしは、『みとや』の常連でな。ここには、値だけで、はかれぬ物がある」

おしまは、ふふっと笑った。

「あらあ、品物以外に何があるっていうんです？　ああ、そうか。その娘さん、お武家さまのいい女かしら？」

ご隠居は呆気にとられる。お瑛は、

「失礼なことをいわないでください。ご隠居さまはあたしと兄さんの恩人なのですから」

揚げ縁に身を乗り出して語気を強めた。

おしまは興味なさげな顔をして、

「へえ、あんた、兄さんがいるのかい。いい男？　会わせてちょうだいよ」

と、品物を除けて、ちゃっかり揚げ縁の上に腰を下ろす。

人の店をなんだと思っているのかしら。さすがにこの振る舞いはお瑛も許せなかった。

「多分江戸一番の兄さんです。でも、あなたには会わせません。たとえ生きていても」

おしまは、眼を見開いた。

「なんだ。死んじゃったの？　それは残念だわ。ねえ、煙草盆貸してくれない？」

おしまが煙管を取り出す。

「申し訳ありませんが、店先で煙草は困ります。揚げ縁からも下りてください」

「女、いい加減にせぬか」

森山のご隠居が厳しくいっても、おしまは聞こえない振りをして、はあ、とため息を洩らした。

「あたしさ、もうあんな爺さんの相手をするの、ほとほと疲れちゃったのよねぇ。もう十分だと思うのよ」

と、いいながらちらりとご隠居を見る。

むっとご隠居が顎を引く。

おしまは、やだやだ、と手を振った。

「勘違いなさらないでくださいな。それより、なんとか譲っていただけません？　あの爺さん、思い通りにならないと、あたしのことを杖で幾度も殴るんですよ。いくら謝っても許しちゃくれないんです。そりゃ、お金に苦労はしないけど、やっぱり優しい人がいいって思うの。昨日だって」

と、袖をわずかにあげ、巻かれた白いさらしを見せて、すぐに戻した。

杖で人を叩くようなご隠居には見えなかった。やはり人は見た目や口調ではわからないということかしら。

おしまはしぶしぶ煙管をしまい、ようやく立ち上がった。

「お武家さまは、文箱を譲ってくれないし、錺職人はわからない。嫌になっちゃう」

再び大きくため息を吐いて、さも疲れきったような表情をする。

「あの、おしまさん。それなら指物師の方をお教えいたしますけど」

おしまが小首を傾げた。

「そうねえ、そしたら錺職もわかるかぁ。指物師はどこに住んでいるの？」

「亀戸です」

冗談じゃない、とおしまは即座に答えた。

「ここから今度は亀戸に行けっていうの？」

ああ、嫌になる。もうあんな爺さんの道楽に付き合うのもまっぴらだわ、とおしまは足をさすり始めた。

「ここだけじゃないのよ。もういろんな処を何軒も金物を探して回って来たの」

ふむ、そりゃ難儀だったの、とご隠居がいうと、

「それにそろそろ帰らないとご隠居さまが心配……」

おしまはそう言い掛けて、言葉を途切れさせると、そわそわし始めた。

「だから、それを譲ってくださいとお願いしているんです。あたし手ぶらじゃ帰れませんから」

今度は、眼に涙を溜めてご隠居を見る。

「仕方がないの。せっかく見つけたものだが、譲ってやろう」

ご隠居が文箱をおしまに差し出すと、

「まあ、ありがとうございます」

胸に抱えて幾度も頭を下げながら、ちらちらとご隠居を窺う。

「ああ、銭はよい。もうわしが払ったのでな」

「嬉しい。そうおっしゃっていただけると思っておりました」

おしまは眼をわずかに細めて流し目をしつつ、微笑んだ。なんて調子のいい女だろうと、お瑛は呆れたが、さすがのご隠居さまも押し切られたようだ。

「助かりました。お武家さま」

「もうよい、早う行け」

ご隠居はおしまに背を向けた。

おしまは下駄をならしながら小走りに店先から立ち去った。

「ではわしは、柚木にでも寄って帰るか」

お瑛は口許をぐっと引き締めていた。

ご隠居は不審な顔をして、

「なんだな、お瑛、その顔は」

と、訊ねてきた。

「いえ、なんでもありません。ただ、ご隠居さまも女子の涙に弱いのかしらって思っただけです。すぐに涙は乾いておりましたけど」

むむっと、ご隠居が唸った。

「あの女子、嘘までついて大変そうだったからの」

「嘘ってなんですか？」

「叩かれているなどありはせん。さらしは巻いていたが、平気で煙管を持っておった。あんまりしつこいから渡したまでよ」

きまり悪そうにいうさまが可愛らしくて、ついついお瑛は堪えきれずに、くすりと笑った。

「お瑛。このことは誰にもいうでないぞ」

「いいではありませんか。文箱を譲ってあげただけですもの」

まあ、そうだが、とご隠居は応えながらも、

「寛平あたりが知ったら、尾ひれだけでは済みそうにないからな。あいつは、長太郎より大袈裟だからな」

そういって軽く笑った。

お瑛は、たしかにその通りだと頷く。

「では、決して口外はいたしません」

「ははは、それもまた大袈裟だな」

ご隠居は、ではまた来るぞ、といって表通りへと歩き始めた。

お瑛は、ご隠居さまを見送ってから、ふうんと腕を組む。

あのおしまというお妾はなんだか不思議な女子だ。ほんとうにお妾なんだろうか。もう十分だなんてこともいっていた。どういう意味なんだろうか。

「なに小難しい顔してるんだい、お瑛さん」

お瑛は我に返って、顔を上げた。

「なんだぁ、猪の辰か」

「なんだはねえだろう。礼に来たってのによ」

「お礼ってなによ」

辰吉は懐から竹包みを取り出し、「饅頭」とぶっきらぼうにいった。

「ちっと前に舟を貸してくれたからよ」

「ああ、そうだったわね、ありがとう」

小腹が空いていたお瑛は遠慮なく受け取る。

「にしてもよ、舟の櫓が薄いな。女の腕に合わせたのかもしれねえが、櫓が薄いってこたぁ、舟が速くなる。さすがだな」

「そうじゃないわよ。速くしたいからじゃなくて——普通の櫓は重くて」

腕の肉がめきめき立派になってきたからだ。でもそんなことは口が裂けてもいえない。

「ああ、そうだ。さっきそこで文箱を抱えた女とすれ違ったんだけどよ、どっかで見たことがあるんだよなぁ」

「おしまさんのこと？」

「おしまっていうのか。どこだったかなぁ。お瑛さんは、知っているのかい？」

お瑛は、船宿梅若の隠居のお妾だと告げた。

辰吉が、ぽんと両手を打った。

「そうか。客を梅若まで乗せて行くことがあったからか」

お瑛は身を乗り出す。

「おしまさんは、梅若で働いていたのね？」

ああ、そうだよ、と辰吉がお瑛の強い口調に身を仰け反らせた。

「おいおい、そんなに驚くことでもねえだろう？　店の仲居と隠居がデキちまうなんてよくある話だよ」

やっぱりお妾か、と思いつつ、お瑛ははっとした。

「ちょうどよかったわ。聞きたいことがあったの。ついこの間、鮒となめくじと蝦蟇があたしの舟に乗ってたのよ」

ははは、と辰吉が笑った。

「乗ってたはよかったなぁ。どこかへ連れて行ってもらいたかったんじゃねえか？　そいつら」

「茶化さないでよ。気持ち悪くない？」

「おれの舟にも跳ねた魚が飛び込んでくることはあるからなぁ。蝦蟇もなめくじもなくはないかもしれねえが」

お瑛は、上目遣いに辰吉を見つめた。

辰吉が怯んだような顔をする。

「まさか、おれのことを疑っているのか？」

お瑛は空とぼけた。

「おれがどうしてそんな悪戯するんだよ。そんなことして喜ぶガキじゃねえよ。だいたい礼なんか持ってこねえだろう？」

それもそうか、とお瑛は得心する。だとしたら、やはり偶然かしら。それとも——。

辰吉が舌打ちした。

「ったく、おれだと思ってたのかよ」

辰吉はまだいっている。お瑛は慌てて首を横に振った。辰吉の機嫌はそれでも悪そうだ。

「でもね、もし偶然じゃなかったとしたら、あたし誰かに恨まれてるんじゃないかっていわれたの」

辰吉がお瑛の言葉に眼をしばたたいた。

「誰がお瑛さんを恨むんだよ」

「わからないから、気味が悪いのよ」

だろうなぁ、と辰吉は首を捻（ひね）った。

六

大戸を上げ、揚げ縁を下ろし、紺色の布を敷いたときだ。

須崎村の五郎兵衛が、両手で杖を押さえながら、よろよろと歩いてきた。

おしまが店から文箱を持っていってから、五日が経（た）っている。

「五郎兵衛さん、いかがなさいました」

お瑛は、急いで駆け寄った。

「おしまは来ておらんかね？　今朝から屋敷におらんのだ」

「いいえ、五日前に文箱を持っていかれましたけれど、それ以降はいらしてませんよ」

五郎兵衛が息を荒くして、左胸を握り締めるように摑んだ。顔が歪む。

「ど、どうなさいました」

うう、と五郎兵衛が呻いて、杖が手から離れた。からんと音を立てて転がり、五郎兵衛は地面に膝をついた。

「兄さん！」

お瑛は思わず長太郎を呼んでいた。ああ、兄さんはいないのだ。どうすればいい。

「五郎兵衛さん、ちょっと待っててください。動かないで」

薬、と五郎兵衛が呟いた。

「持っていらっしゃるのですか？」

五郎兵衛がこくこくと頷く。そこに向かいの清吉が顔を見せた。

「お瑛ちゃん、どうしたその爺さん」

「ここで倒れたの。あたしの店に運んで」

ちょうど、四文屋のおしずと、お花も通りに出てきた。

「お願い、手伝って。お客さんが倒れたの」

お瑛が叫ぶと、お花がおしずに医者を呼びに行くように告げ、裏店からも仕事へ行く亭主たちがわらわら出て来た。

お花が夜具を敷きに店に入り、皆が五郎兵衛を運んだ。

おっつけおしずと一緒に医者がやってきて、すぐに五郎兵衛が持っていた薬を飲ませた。五郎兵衛は安心したのか、はあ、と息を吐いて、目蓋を閉じた。

「これは、心の臓の病だろうな」

医者がいった。

「あまり良い具合ではない。家の者に報せたほうがよいかもしれぬな」

そうか、初めて須崎村の屋敷へ赴いたときに、おしまが、「勝手に出歩くのはおやめください」といったのも、店に来た時、心配といいかけたのも、病を持っていたからなのだ。

「なあ、お瑛ちゃん、この隠居、どこの誰だか知っているのかい?」

「ええ、梅若のご隠居さま」

「梅若って、あの船宿の!」

さすがは遊び人の清吉だ。

「ごめん、あたし梅若まで行ってくる」

と、お瑛は立ち上がった。

「おい、店番はどうするんだよ」

「たぶん、もうすぐ直孝さんが来るから、それまでよろしくね」

ちょっとちょっと、お瑛ちゃんという清吉の声を背で聞きながら、お瑛は草鞋(わらじ)の紐(ひも)をきゅっと締めた。

浅草橋までお瑛は走った。ご隠居の内儀がどう思うかはわからないが、おしまが行方知れずのいまは、あの屋敷にひとり戻すわけにはいかない。

「おい、お瑛さん、どこ行くんだい。柚木のお加津さんがお菜をくれたぜ」

辰吉だ。

「いまから梅若へ行くの。あたし急いでいるから」

ここで話をしている暇はない。土手を下りて、舟の舫(もやい)を解いて、菰(こも)を剥(は)がした。

お瑛はごくりと唾(つば)を呑(の)み込んでから、悲鳴を上げた。

「どうした、お瑛さん」と、辰吉が土手を下りてきた。

「蛇、蛇、蛇ーっ」

棹(さお)にくるくると巻き付いていた。これで、三すくみ、だ。やっぱり偶然じゃない。

嫌ぁーと、辰吉に抱きついた。

おお、と辰吉がお瑛を受け止める。

「早く、取って、嫌だもう」

「あのな、お瑛さん、抱きつかれていたんじゃ、蛇を取れねえよ」

はっと、お瑛は辰吉から離れた。顔がみるみる赤くなるのを感じる。

「ごめんなさい」

「い、いいってことよ。蛇なんぞいたら驚くのは当然だものな」

辰吉は棹を持ち上げて、ぽいと蛇を草むらに投げ込んだ。

「うひゃあー」

と、子どもの悲鳴が草むらから上がった。

お瑛が振り返ると、そこに立っていたのは、うどん屋の子、たしか庄次という名だった。

「そんなところでなにしているの？」

庄次は口を結んで、土手を駆け上がろうとした。辰吉がその前に立ちふさがって、

「おまえがしたのか」

と、怒鳴りつけ、襟元を摑んだ。

「待って、辰吉さん。手荒にしないで」

「だってよ、お瑛さんの舟に」

庄次が眼を見開いた。

「こいつは、おまえの舟じゃねえのか」

「ああ、お瑛さんの舟だ」

庄次が黙り込んだ。

「だから、なぜこんなことしやがった」

辰吉が庄次を揺さぶった。

「もういいわよ、あたし梅若に行かないと。あとは辰吉さんに任せたわよ」

「おいおい、お瑛さん」

蛇が巻きついていた棹を握るのは気味が悪かったけれど、ともかく梅若に急がなければと思った。

川岸から離れると、すぐに櫓を握って、ぐいと押した。

さすがだなぁ、とのんきな辰吉の声がした。

「ほれ、おまえの家はどこだ。母ちゃんに叱ってもらうぞ」

辰吉は庄次の首根っこを摑んで土手を上がって行った。

お瑛は大川に出るとさらに櫓をぐっと握り締めた。

おしまがなぜ屋敷を出たのかわからない。病持ちのご隠居の世話が面倒になったのだろうか。

風を切りながら舟は進む。御城の御米蔵の前を通り、山谷堀まであと少し。

背に汗が滲(にじ)んできた。

山谷堀には幾つもの船宿がある。お瑛は、桟橋に舟を繋(つな)ぐと、陸に上がった。

梅若はすぐにわかった。かなり立派な二階建てだ。

箒(ほうき)を持って表を掃除している年寄りがいる。

「梅若の先のお内儀(かみ)さんはいらっしゃいますか？」

「あたしですけど、なにか？」

眉(まゆ)をひそめ、険のある口調でいった。

「じつは、五郎兵衛さんが、いえ、ご亭主がうちの店の前でお倒れになりまして。あまり具合がよくないそうです」

五郎兵衛の女房は、ため息を吐いた。

「おしまを捜しに出たのでしょう。ほんに馬鹿(ばか)な男(ひと)。あの女、今朝、金の無心に来たのよ」

じつは、梅若の船頭といい仲になっていたのだという。それを無理やり引き離したのは、五郎兵衛。自分の世話をさせるためだけに妾としたのだと内儀は呆れるようにいった。

「あたしもね、あの人の道楽に付き合うのはこりごり。これ幸いと思ったのよ」

船宿に蒐集家を集めて、飲み食いさせて吉原に乗り込む。それらはすべて梅若の支払いだ。

「息子夫婦にも申し訳なくてね。隠居所を建てさせたの。おしまには悪いと思ったけど。半年の約束で一緒にいてやってと頼んだのよ。やっぱりあの人といるのは辛かったみたいね。三カ月しか保たなかったわ。だから謝礼金も半分にしてやったけど。でも、二度ほど倒れたみたいだから、気が気でなかったのね、きっと。眼の前で死なれたら大変だものねぇ」

と、笑った。

「おしまさんは、いまはどこにいらっしゃるんですか？」

「ああ、船頭の家に行ったわよ」

お瑛は、だんだん焦れてきた。自分の亭主が危ないというのに、こんなにのんきに話をされても困る。

「あの、お内儀さん、ともかくうちへいらしてください。五郎兵衛さんが」

じゃ、着替えてきますね、と内儀は店の中に入って行こうとした。

人の生き死になど、どうでもいいのだろうか。何十年もともに過ごした夫婦でもあるのに。お瑛は得心がいかなかった。

「早くおいでになってください。ご主人が亡くなられるかもしれないんです」

「うるさいわねぇ。もう心の臓が駄目になってるんだもの、遅かれ早かれ死ぬのはわかっているからいいのよ」

内儀は、息を洩らした。

「そんなことありません。蒐集の道楽に皆が迷惑したって、お金を使ったって、きっと梅若を始めたときはお二人とも一生懸命だったんじゃありませんか。二人で頑張ろうって同じ気持ちだったのではないですか」

振り返った内儀がお瑛の前に立った。

ぞくりとするほど冷たい表情をしていた。

「人の気持ちってね、すれ違ったらもう元には戻らないのよ。覚えておいてね」

五郎兵衛は、『みとや』から梅若に戻って十日後に亡くなったらしい。

蒐集した物は、皆、古物商や古道具屋に持ち込み銭にしたそうだ。

「なんだか、哀しいわよね」

寛平が店番をしながら呟いた。五郎兵衛が懸命に集めた物は二束三文。でも、またどこかの蒐集家の眼に留まればいいと、お瑛は思っていた。

「三すくみじゃなかったわね。お内儀も妾も蛇。五郎兵衛さんが蝦蟇よ。どっちが呑み込んだのやら」

寛平がため息を吐く。お瑛は仕入帖に書き入れをしながら、ふと思った。

そういえば数日前に、辰吉が来た。庄次は「辰吉の舟だと思って悪戯をした」といったという。

「だから許してやってくんな」

そう頭を下げたが、うどん屋であたしの顔を見たときの庄次の様子はあきらかに変だった。辰吉は辰吉で、どこか庄次を庇（かば）っているような気がした。

「悪戯は許すけど、辰吉さんとあの子、ほんとはどういう知り合いなの？　何かあったの？」

お瑛が訊ねると、辰吉は頰をぴくりとさせ、すまねえ、といきなり地面に土下座した。

聞けば、ひと月ほど前、辰吉は庄次の従兄（いとこ）の船頭と舟勝負をしたという。勝ったのは辰吉。そのとき、辰吉が押していたのがお瑛の舟だったのだ。

庄次は、ある日、お瑛と辰吉が一緒にいるところを見たそうで、「生意気にも、お瑛さんがおれのいい人だと思ったみたいで」と、辰吉は気恥ずかしげに鬢を掻いた。

「おませな子ねぇ。じゃあ、従兄の仇とばかりに悪戯をしたってわけね」

「この通りだ、悪かった。もう舟勝負など、やたら挑まねえ」

辰吉はお瑛を拝むように頭を下げた。

三すくみの悪戯の謎は解けた。でも、

「勝負だ勝負だって大騒ぎしているほうが辰吉さんらしいけど」

お瑛は笑みを浮かべながら、筆をおき、仕入帖を閉じた。

百夜通い

一

暦の上では中秋だが、このところ蒸し暑い夜が続いていた。小屋裏の寝間で、お瑛は幾度も寝返りを打つ。少し風を入れよう、と夜具から起き上がり、天窓をわずかに押し上げる。

風どころか湿気がますます増したようで、横になったが、寝苦しさはもっと酷くなった。

そのうえ、一度立ち上がったせいか、眼まで冴えてきた。天窓から月明かりが差し込んで、部屋の中が見渡せるようになった。

ひとりでいることにもずいぶん馴れた。

長太郎兄さんが階下で眠っていたときは、下から鼾が聞こえてきて、それが子守り唄代わりだったけれど、いまはただしんとしているだけ。家のきしむ音や風の鳴る音にびくびくしていたときもあったが、いまはそれもない。

居なくなった長太郎に代わって仕入れに出掛けることがほとんどだし、お手伝いしてくれる直孝や寛平はいても、やはり『みとや』をひとりで切り回しているという思いは以前より強い。へとへとになって、夜具に倒れ込むこともよくある。けれど、疲れて眠ってしまえるのは楽だった。あれこれ考えることもなく、夜の深さに怯えることもなく、目覚めれば新しい朝が来ている。

あの世で、兄さんはどうしているだろう。永代橋の崩落事故に巻き込まれ、先に彼岸へ行ったお父っつぁんとおっ母さんに、「なんでふぐの毒にあたったの！　お瑛ひとり残して。しょうもない」と、こっぴどく叱られただろう。

兄さんが肩をすぼめている姿を思いくすくす笑っているうち、お瑛の目尻から、知らず知らず涙がこぼれた。こめかみを伝って、首のほうまで流れ落ちる。歯を食いしばって、嗚咽が洩れるのをお瑛は懸命に堪えた。

親子三人、あの世で仲良くしているのが悔しくなる。あたし、ひと目でいいから皆に会いたい。おっ母さんに、よく頑張ったと褒めてもらいたい。お瑛はぎゅっと夜具を摑んで、顔まで引き上げた。

そのとき表から闇を裂く女の悲鳴が聞こえた。驚きのあまりお瑛は夜具から飛び出した。涙を手の甲で拭い、手燭に慌てて灯をつけようとする。けれど、手が震えてなかなかつかない。お瑛は灯をつけるのを諦め、ままよとばかりに梯子段を下りる。

闇に馴れた眼は、ぼんやりしながらもあたりを見回すことが出来た。

「嫌ぁぁ」

まただ。蒸し暑さが一気に吹き飛んで、噴き出した汗が冷たく変わる。

「助けて、助けて、こっちに来ないで！」

女の声はさらに高くなる。けれど、恐怖に戦くだけじゃない。その叫び声には、怒りも交じっていた。

どたばたと、幾人かの声がする。寝込みに女の悲鳴を聞きつけ、あわてて家から飛び出して来た者たちだろう。

お瑛は、怖々と潜り戸の閂を抜いて、表を覗いた。

月明かりの下に乾物屋のどら息子、清吉の姿がある。寝間着の前がはだけて、下帯が覗いている。お瑛は顔をしかめた。

あっちは、直孝だ。さすがに武家の息子だ。寝間着ではあっても、きちっとしている。

それ以外にも数人の男たちが集まる。その後ろには、女たちの姿もあった。

「なにがあったか知らねえが、こんな夜更けに殺められそうな声をだすんじゃねえよ」

清吉がいった。誰にいっているのかまでは、わからなかった。

どうやら清吉の家の裏店の住人のようだった。

「夫婦喧嘩だ。清吉さん、皆さん、すまねえ」

ぼそぼそとした声がした。

夫婦喧嘩か、とお瑛はほっと胸を撫で下ろす。それにしては、すごい叫び声だった。

「喧嘩だって？ なにいってるんだい。おはるが死んじまう。医者に連れていくんだよ。なのに銭がないって、おまえさんが引き止めたんだろう」

おはるちゃん？ おはるはこの四月に生まれたばかりの赤子だ。首もしっかり据わって、笑顔をみせるようになった愛らしい子だ。母親のおちよが抱いて『みとや』にもよく来ていた。その、おはるが病だなんて。

清吉や他の者たちが、おちよの周りを囲んで、おはるの様子を窺う。

「そうだよ。一昨日から熱を出して、一向に下がりゃしない。そしたら急にぐったりしてきて」

だから、医者へ行くんだ！ そこを退いとくれ、と清吉を押しのけた。

おちよの姿が見えた。腕に抱かれているおはるは首をだらんとさせている。お瑛は思わず、潜り戸から裸足のまま駆け出していた。

「おう、お瑛ちゃん。おかみさんを止めてくれ」

清吉がいった。

お瑛はおちよの元に走り寄る。直孝もお瑛に続いて駆け寄って来た。お瑛はおはるを見て、息を呑む。直孝も気づいたようだ。

「あの、おはるちゃん、もう……」

おちよの唇が震えている。

「な、なにいってるんだい、お瑛さん。まだ身体も温かいんだ。息だって、息だって――」

はっとしたおちよは眼を見開いた。おはるの口許に手を当てる。ああ、と小さく声を洩らすと、その場に膝からくずおれた。おはるを強く抱きしめ、肩を震わせた。

「お、おちよ」

亭主の亀蔵がのそのそ近寄ってきた。亀蔵は、おちよを慰めようとその肩に触れる。だが、おちよは亀蔵を睨めつけると、その手を思い切り振り払った。

手を振り払われた亀蔵は、「なにしやがる」と、眼を見開いた。

おちよはおはるをきつく抱いたまま、怒声を上げた。

「あんたが殺したも同然だ！」

「おれが、おはるを？　なんて言い草だ、このアマっ！」

カッとなった亀蔵がおちよを平手で張った。おちよはおはるを守るように地面に倒れ込んだ。

「おちよさん」

お瑛はしゃがみ込み、おちよの身を助け起こす。

「なんということをするのです」

直孝が亀蔵の前に立ちふさがる。

亀蔵は、ぜいぜいと興奮気味に息を吐く。

おちよは打たれた左の頬を押さえながら、

「あたしが働きに出ている間に、あんたはおはるになにをしてくれたんだい。え？　仕事にあぶれた仲間を家に呼んで、酒を食らってたんだろう？」

いまは川涼みの最中だから店は大忙しなんだ。乳をやるのに戻るのも早引けを許してもらうのも女将(おかみ)に嫌な顔されてさ。おはるの熱だってわかっていたはずじゃないか。苦しそうなら医者を呼べと何度もいったのに、ほったらかしにして！　あたしが仕事から戻ったら、酔って眠っていたじゃないか。息の弱くなったおはるが横にいたのにさ、とおちよが喚(わめ)き散らした。

「あんたが殺したんだ。あんたが……」

うわああ、と我が子の亡骸(なきがら)を抱きしめながら、おちよの嘆きの声が、夜の茅町に響き渡った。

二

それから五日後、寛平が久しぶりに姿を見せた。生絹(きぎぬ)の買い入れのため、手代とともに上州へ行っていたのだ。ちゃんと若旦那(わかだんな)としての役目は果たしている。

「はいこれお土産」と、手渡されたのは、高崎だるまだった。

「眉(まゆ)が鶴(つる)で、ひげが亀(かめ)に描かれているの。福だるまともいう縁起物よ」

寛平はそういって、簞笥(たんす)の上にある線香立てに線香を灯(とも)して鈴(りん)を鳴らした。

お瑛は、どうせなら、上州のうどんとか、絹の反物も欲しかったと思ったが、「早速飾るわね」と笑みを浮かべた。

「お駒さんと益次さんにも会えたわよ。お瑛ちゃんが選んだ帯も届けたから安心してね。お駒さん、すごく喜んでいたわよ」

「ううん、寛平さんが安くしてくれたからよ。元気にしていた？」

益次とお駒の夫婦は高崎で小間物屋を営んでいる。

「もちろん。お店はさほど大きくなかったけど、繁盛しているみたい。あら、そうだ。お駒さんからいただいた焼き饅頭もおそばもおいしかったわぁ」

ああ、なにか乾物でも持ってきてくれればよかったのにと羨ましく思いながら、だるまを見やる。

そうそう、と寛平が這いながら、お瑛の横にやって来ると、あたしが店番するわよ、とちゃっかり揚げ縁の前に座った。

お瑛は、代わりに仕入帖の記入を始める。

「いつだか、大変だったみたいじゃないの。お向かいの清吉さんから聞いたわよ」

寛平が仕入帖に記入するお瑛を振り向いた。

「うん。もう五日経っているけど、おちよさん、一歩も家から出ないみたい。可哀想だった。その夜も亡くなったお子さんをしばらく抱き続けていたの。ご亭主がいっても聞かないから、同じ長屋の人たちがようやく説き伏せたのよ」

「じゃあ、その晩はあまり眠れなかったでしょ。そんな騒ぎもあったんじゃ」

お瑛は頷いた。今日もいい天気だが、あの翌朝のお天道さまは寝不足の眼に痛いくらいだったのを覚えている。

だが、弔いは弔いで、また大騒動だった。赤子用の早桶が用意出来ず、亀蔵が醤油樽を持って帰ったのだ。これにはさすがに、女房のおちよどころか長屋中から、情がないとか、冷たいとか、亀蔵はけちょんけちょんに責められていた。でも、赤子の亡骸は甕に納めることもあるし、銭のない亭主にしてみれば、精一杯考えた末のことだったのかもしれない。

お瑛は、はあと息を吐いた。

「じつはね、うちにもそのご亭主が来たのよ。赤子が納められるような桐箱はないかって」

「あらまぁ、それはまた。で、お瑛ちゃんはなんていったの？」

「ありませんっていったら、小さな竹細工の行李に眼を向けたのよ。それをくれって。四カ月の赤子が納まるはずないのに」

そうしたら、ぎゅうぎゅうに詰めればなんとかなると亭主はいったのだ。

「呆れた。自分の子なんでしょう？　酷い親もいたものね」

それでも通夜は無事終えたが、弔いの席で、おちよと亀蔵が取っ組み合いの大喧嘩になった。亀蔵が「子なんざまた作ればいい」と何事もなかったかのように口にしたせいだ。

怒りに震えたおちよが、坊主の読経の最中に亀蔵を張り飛ばした。

そこからはもうめちゃくちゃだ。坊主は憤然として経を唱えてさっさと帰り、おちよは亀蔵に野辺の送りには来るなといい、長屋の女たちだけで、赤子を埋葬した。

亭主の亀蔵は仕事も家事も育児もおちよ任せのぐうたら者だった。仕事もせずにぶらぶらして、たまに口入れ屋に行って仕事を得ても悪口と言い訳だらけで、すぐに辞めてしまう。

我慢にも限度がある。子が出来れば少しは変わってくれると信じていたが、もう愛想がつきたと、おちよは亀蔵を追い出した。

夫婦は他人同士が同じ屋根の下で暮らし、嫌な処も眼をつむり、ときには喧嘩もして、少しずつ互いを認め合い、繋がっていくものだと思っていた。日々をごくごく当たり前に過ごしながら、最後はどちらかを看取る。

けれど、そうじゃない夫婦もあるのだと、お瑛はなんだか寂しくもあり、悲しくもあった。死んだお父っつぁんとおっ母さんは、子のお瑛から見たら仲が良かった。本当のところはわからないけれど、そう思いたかった。

「清吉さんの話だと、そのふたり駆落ち者だったんだって。粕壁（春日部）から出てきたそうよ」

駆落ち者と聞かされ、さらにお瑛は気が塞ぐ。互いに惚れ合って、親の反対を押し切って、手に手を取り合い江戸まで出て来たのだ。好き合ったふたりには、きっと幸せな未来が見えていたのだろう。でも、結局、現実の暮らしがふたりの甘い思いを打ち砕いたのだ。

「でもさぁ、赤子が亡くなるとあたしいつも思うのよ。なんのためにその子は生まれてきたのかしらって」

寛平がぐすっと涙ぐみ始める。

「世の中の幸せも楽しみも、なんも知らないで逝ってしまうのよ」

苦しいことも、悲しいこともあるけれど、人として生を享けたのなら、すべてひっくるめて生きたいじゃない？　寿命といってしまえばそれまでだけど、と寛平はもう涙声だ。

ちょっと驚いた。寛平さんは呉服屋の若旦那で、なんの苦労もなく育ってきたと思っていたけれど、生きることは皆、一緒なのだ。考えてみれば、吉原に売られた幼馴染みのお里さんを身請けして夫婦になったんだもの。もともと、厚い情を持っている人なのだ。

でも、と呟きがお瑛の口を衝いてでた。

「赤子じゃないけれど、兄さんも寿命だったのかな。所帯も持たないで、子もいなくて、あたしの面倒だけ見て、逝っちゃった」

寛平が、お瑛を見る。

「そんなこといわないでよ、お瑛ちゃん」

天気はいいのに、寛平だけは涙雨だ。

「寛平さん、お店番代わるわね」

お瑛はぐすんぐすんと鼻を啜（すす）る寛平を退（ど）かして、店座敷に座る。まったくもう、涙もろいのは悪くはないけれど、店番が泣いていたら、お客も寄り付かない。

「代わりに、仕入帖を付けてくれる？　あとは算盤（そろばん）だけだから」

嫌だ、と泣いている寛平が横を向く。

「あたし算盤苦手だもの」

呉服屋の若旦那なのに算盤が扱えなくてどうするのかしらと、お瑛が不安な眼を向けると、すばやく感じ取った寛平は、

「大丈夫よ。うちにはお里と番頭がいるから。それにお父っつぁんもぴんぴんしてるから、心配ないの」

と、懐紙を出して鼻をかんだ。

「それに、もうすぐ直孝さんが来るでしょ？」

「今日は、手習い塾のお手伝い。門弟がすごく増えてしまって、大変みたい」

「へえ、商売繁盛で結構なことね。お花さんの四文屋も相変わらずの大人気だし、ちょっと妬けるぐらいね」

余所は余所、うちはうち。同業ならば悔しさもあるけれど、扱う品が違うんだからと、お瑛は割り切っている。けれど、売り上げをのばすためには、もっと知恵を絞ることは必要だ。やはり、買った品物を届けるというのは、悪い策ではないとは思う。しかし、それには人手が足りない。足りないけれど、新たに人を雇って給金を出すほどの儲けはない。寛平さんも直孝さんも、ほとんど銭を受け取らないのだ。お瑛と一緒にご飯を食べられればいい、という。これでは『みとや』の主としては、少々情けない。

このところ売り上げが落ちているのも気になっていた。品揃えが悪いのか、品数なのか。兄さんがいた頃にはしなかったことをあたしが考えなければ、『みとや』の看板を大きくするなんてことは夢のまた夢になってしまう。

「たまには、あたしが仕入れに行くわよ。今日は、お瑛ちゃんが店番ね」

寛平が張り切っていった。

「そんなの駄目よ。あたしが行くわよ」

「いいのいいの。うちで売れ残った端切れもあるし。安くしておくわ」

「え？　それ、うちで買うの？」

あら、そこは商売だもの、と寛平は早速風呂敷を懐に入れると、じゃあね、と店を出て行った。

兄代りを公言しても、商いとなれば別。さすがは大店の若旦那だ。

お瑛は、寛平の背が遠くなるのを見送ってから、帯の間に挟んでいた紙片を取り出した。おちよ夫婦の騒動の後、仕入れに出たとき、近頃、両国広小路で人気のある占い師に見てもらったのだ。見料は一朱とかなり高かったが、連日、大行列が出来るほど評判にもなっているし、実際当たった人がたくさんいるという噂に引かれたこともある。

その日も噂に違わず行列が出来ていて、お瑛の順番がくるまで半刻（約一時間）近くかかった。

その占い師は、木を組んで、筵を掛けただけの簡素な芝居小屋の間に、紫色の布を暖簾のように掛けて、文机を置いて座っていた。白の衣裳に白のおこそ頭巾を着けた、武家の奥方のような品のある女子だった。お瑛が文机の前にかしこまると、

「わたくしは、おきくと申します。娘さん。なにをみましょうか」

鈴の音のようなきれいな声で訊ねてきた。すでに多くの人の占いをし、まだ暑い最中だというのに汗ひとつかいていない。涼しげな表情で、お瑛を見つめる。

筮竹をじゃらじゃら鳴らすこともなく、占盤を用いるわけでもなく、お瑛が望みを伝えると顔をじいっと見た。瞳は黒曜石のように深く輝いて、胸の底を見透かされているような気がした。張り詰めた糸のような緊迫感。お瑛は金縛りにあったように動けなくなった。

占い師が、ふうと息を吐くと急に緊張が緩み、お瑛も息を吐いた。すると占い師はおもむろに筆を執り、さらさらと紙に綴り終え、お瑛に差し出してきた。

紙片には、「予期せぬ人来る。商い替えよし」と記されていた。予期せぬ人だから、お瑛にはまったく思い当たることがない。しかし、商い替えよし、については、思わず占い師にいってしまった。

「あたしは、茅町で『みとや』という三十八文屋を営んでいます。この頃、売り上げが下がっているけど、店はずっと続けて行くつもりです。商売替えはいたしません」

占い師は、うふふと笑った。

「構いませんよ。ただの占いですから。信じるも、信じないも、占い通りにするも、しないも、娘さんの好きにすればよいのです」

当たるも八卦(はっけ)、当たらぬも八卦、そう占い師にいわれ、お瑛は急に不安になった。

「あの、じゃあ、あたし、なんのために占ってもらったのかしら？」

「それは、娘さんが、誰かにすがりたかったこともあるでしょうし、身近な人だからこそ、話せないこともある。どことなく寂しさを感じているのではないかしら？」

お瑛は、占い師の言葉を聞いて、胸がきしんだ。なんでも話せる人があたしの周りにはたくさんいると思っていたけれど、本当は違うのじゃないかと思ったからだ。

直孝さん、寛平さん、ずっとお世話になっている『柚木』のお加津さん、ご隠居の森山孝盛さま、お花さん、そして船頭の猪(い)の辰(たつ)こと辰吉さんにも——。決して隠し事をしているわけではないけれど、心の内側を聞いてもらっているわけではない。すべてを吐露することはない。

そこに、あたしは寂しさを感じているのだろうか。兄さんがいた頃は、ちっともそんなふうに感じたことはなかった。けれど、ひとりになって、皆に優しくされて、見守ってもらっていても、あたしの胸の奥底に満たされないものがひそんでいる。

でも、そんなことを思うのはすごく贅沢(ぜいたく)で我(わ)が儘(まま)なような気がした。あたしは、これ以上なにを望んでいるんだろう。

「おい、まだかよ」

紫の布の向こうから、怒鳴り声がした。早くしてよ、と女の声もする。

考え込んでいたお瑛に、「次の方がお待ちなので」と、占い師は申し訳なさそうにいった。

お瑛は礼をいうとすぐさま立ち上がり、布を分けて、表に出た。

「長すぎるんだよ」

「こちとらもう一刻(いっとき)(約二時間)近く並んでるんだぜ」

お瑛に向け、文句が飛んでくる。

「ごめんなさい」

と、不機嫌な顔を向ける人々に頭を下げながら、お瑛の足は次第に速くなる。

そのとき、占いを待つ列の中にお瑛から顔をそらした者がいた。あの身体つき、辰吉さん？　と思ったが、罵声(ばせい)が幾つも飛んでくるので、お瑛は俯(うつむ)いて早々にその場を立ち去った。

仕入れた品物を置いてきたと気づいたのは、店に戻って、直孝と夕餉(ゆうげ)を摂(と)っていたときだった。直孝は、『はなまき』からお菜を届けにきたのだ。

「そういえば、この頃、お花さん、お店に出ていないわね」

「ええ、父の仕事の手伝いを」

と、ちょっといい淀むような物言いをする。

ふうん、と頷いたとき、お瑛は「あっ」と叫んで尻を一尺（約三十センチメートル）ほども浮かせた。

眼の前の直孝が眼を瞠る。

「どうしたんですか？　お瑛さん」

「あたし、仕入れた品物、忘れてきちゃった」

直孝が飯碗を持ちながら、ぽかんと口を開け、身を乗り出してきた。

「どこに置いてきたんですか？」

直孝は、店に戻ったお瑛が手ぶらだったので、仕入れが上手くいかなかったのだろうと、気を回して訊ねなかったのだという。

「あたしったら、本当にぼんやり者ね。兄さんにもよくいわれたけれど」

はあ、と肩を落としてため息を吐く。

「それはそれとして、よく思い出してください。心当たりがあれば、私が取りに行きます」

うん、とお瑛は考えた。今日、仕入れたものは、風鎮と火打ち箱と、大中小の笊が十枚、それと兄さんが通っていた筆屋の筆が十五本。

それから、あとは白粉……。

「それほど大きな包みにはなりませんね。最後に寄ったのは、どのお店ですか？」

それがねぇ、とお瑛は首を傾げる。筆屋では風呂敷に入れた。たぶん最後に立ち寄ったのは白粉屋さんだ。近頃流行りの化粧の話を女将さんとして——。

「そのお店かもしれませんね。後で行ってきましょう」

「ごめんね、直孝さん」

と、お瑛が頭を下げたとき、潜り戸を叩く音がした。

三

「こちらは、『みとや』さんでしょうか」

籠るような低い男の声だった。お瑛は眉をひそめた。むろん寛平さんではない。ご隠居のお遣いなら、きちんと姓名を名乗るはず。なによりこれまで聞いたことのない声だ。

「こんな刻限に誰かしらね」

腰を上げようとするお瑛を直孝が制した。

「私が出ます。お瑛さんは、そこにいてください」

お瑛は、こくりと首を縦に振った。元服を済ませた後の直孝は、まだ声ががらがらして苦しそうだけれど、ずっと男らしく、頼もしくなった。特に、お店のお金の出入りについては、よく考えてくれている。

直孝は大刀を手にして、三和土に下りた。

「どなたか、いらっしゃいませんでしょうか」

再び訪いを入れてきた。

「どちらさまでしょう」

直孝が慎重に声を掛けると、わずかだが安堵したような息遣いが聞こえた。

「失礼しました。あっしは、両国のおきくさまの遣いでございます」

おきく！　あの占い師だ。一体、どうしたというのだろう。お瑛は少しだけ慌てた。

「どのようなご用件でございましょう。もう店仕舞いしておりますし、まことに不躾ながら、おきくさまという方は存じ上げませんので、明朝ではいけませんでしょうか？」

直孝は板戸を挟み、表の男の様子を窺うように問うた。

「な、お、た、かさん」

お瑛は声を押し殺して名を呼び、手招いた。

直孝が、訝しげな顔をしながら、お瑛に首を回す。

「おきくさまなら、あたしが知っているから。開けてあげて」

直孝は得心がいかぬような表情で、潜り戸の閂を引き、戸を開けた。提灯の明かりが三和土をぼんやりと照らす。

「お忘れ物かと存じまして、お届けにあがった次第でございます」

お瑛からは男の姿は見えなかった。ぼそぼそした声が聞こえるだけだ。お瑛は、立つか立たぬか、躊躇していた。ここで慌てて飛び出せば、直孝が不思議に思うだろうし、でも、おきくに、遣いの男からきちんと礼も伝えてもらいたい。

「これは？」

風呂敷包みを渡された直孝が呟いた。

「では、たしかにお届けいたしました。主さまによろしくお伝えください。あっしはこれで。夜分に失礼いたしました」

直孝は、お瑛が忘れてきた仕入れの品だと気づいて、表に出ようとした。そのとき、お瑛はすばやく立ち上がり、直孝を押しのけ飛び出した。

提灯を下げた男の背が見えた。

「おきくさまに、ありがとうございましたとお伝えください」

お瑛がいうと、男がちらと振り返って、口許に笑みを浮かべて、頭を下げた。

ほう、とお瑛は胸を撫で下ろした。

「お瑛さん、これはどうしたわけですか？　私を無理やり押しのけて酷いですよ」

「ごめんなさい」

腰を屈め三和土に入ってくるお瑛に、直孝は口を尖らせた。

「仕入れの品をわざわざ届けてくださったのですよ。で、その、おきくさまってどなたですか？　白粉屋の女将さんですか」

ああ、それはねぇと、お瑛は視線を宙に泳がせた。どうしよう。本当のことをいっても、直孝なら、きっと笑ってやり過ごしてくれるに違いない。それでもやっぱり、どこかいい辛い。直孝がじっとお瑛を見つめてくる。

お瑛は観念して口を開いた。

「いま、評判の占い師……」

直孝は眼をぱちくりさせたが、すぐにくすくす笑った。

「ひどくためらっていたからもっと大事かと思いましたよ。それならそういってくだされば。で、なにを占ってもらったんですか？」

なにを？　とお瑛は聞き返す。

いま、当たると噂になっている人でしょう、と直孝がいった。

たいしたことじゃないの、とお瑛は笑みを浮かべる。

「お店はうまくいくかしらって、それだけ」

お瑛は足の裏を手拭いではたいて、店座敷に上がる。直孝は、風呂敷包みをまずおいてから、お瑛の後に続いた。

「それで？　どのようなご託宣を頂戴したのですか？」

「このままでいいって」

まさか商い替えよし、と書かれたなんていえやしない。でも、お瑛が本当におきくに占ってもらいたかったのは、いい男が現れるかどうかだ。そんなことさすがに恥ずかしくていえなかった。

「それだけですか？　それで見料はどのくらい払ったのです？」

お瑛は直孝を窺いながら、そおっと指を立てた。

「人差し指一本ということは——一文のわけはないですね。つまり、一朱。お瑛さん、仕入れのためにお渡しした銭を使ってしまったということですね」

はい、とお瑛はかしこまって、肩をすぼめた。

「そのうえ、仕入れた品を占い師の処に置いてくるなんて、ぼんやりにもほどがあります」

直孝はがらがら声を懸命に抑えながら、幾度もため息を吐いた。

「一朱の儲けを出すのが、どれだけ大変だかおわかりでしょう？」

直孝が頭の中で算盤珠を弾き始めた。三十八文を十売って、三百八十文。これから仕入れ値を一つ二十文として引くと、百八十文。

「一日三十品売って五百四十文。一朱は二百五十文ですから儲けの半分近くを占いで使ったことになりますよ。しかもこのままでいいってなんですか？　占ってもいないでしょう。いい加減にもほどがあります。いんちきですよ」

直孝の声がかすれ始めた。

「あのう、直孝さん。しゃべり続けるのは喉によくないと思うわよ」

「わかっています」

お瑛は俯いた。やはり占いなんて、しなきゃよかった。だって、ろくな占いじゃなかったんだから。

「でも、ときにはなにかに頼りたくなる気持ちもわかりますよ。それに、おはるちゃんのことや、あんな夫婦別れを見せられた後じゃなおさらです」

しょげかえるお瑛の様子を見て直孝もいい過ぎたと思ったようだ。先は見えないし、過去は変えられないし、と直孝が小声でいった。

四

清吉が、むすっとした顔で歩いてくると、揚げ縁の前で止まった。

「どうしたの？　冴えない顔して」

「また亀蔵の奴がおちよさんのところに来ていやがるんだ」

「また？」

お瑛は眉をひそめた。

亀蔵は、家を追い出されてから数日して、連日、おちよのところに来るようになっていた。むろんおちよは戸を開けないが、亀蔵は家の前にかしこまって、詫びの言葉を並べたてる。けれど、長屋の男連中に両脇を抱えられるか、女たちに竹ぼうきで追い立てられて木戸を出される。これで、十日になる。居間で品物を仕分けしていた寛平が、清吉に向かっていった。

「まるで深草少将の百夜通いじゃないの」

清吉が「なんだそれ？」と返す。

「あら、知らないの？　昔々の小野小町って美人の伝説よ」

深草少将は、想いを寄せていた小町から百夜通って来たなら、その心を受け入れましょうといわれたが、九十九日目で雪の日ににわかに息絶え、想いが遂げられなかったという話だと、寛平は得意げな顔をした。

「はっ。そんな甘っちょろい男じゃねえよ、亀蔵は。あの様子じゃ百日でも千日でも通うぜ。おちよさんが根負けするまでな」

「でも、おちよさん、仕事にも出られないわよね。朝から、家の前に居座られたら」

うん、と清吉は気の毒そうに、笊を手に取った。乾物を載せるのに必要なのだろう。しょっ中、買ってくれる。大中小三枚で三十八文だ。

「これもらっていくぜ」

「毎度ありがとうございます」

「にしても暑いよな。今日も気が滅入るぜ」

清吉が空を見上げながら、背を向ける。

「けどよ、おちよさんが心配だよ。ああして毎日、詫びに来られたら、ほんとに情にほだされちまうんじゃないかってな」

でも、と寛平が首を捻(ひね)った。

「おちよさんって女房もさ、そんなに嫌なら引っ越しちゃえばいいのにね」

くるりと、清吉が振り返った。

「おいおい若旦那さんよ。引っ越しったって、そう容易(たやす)いもんじゃねえぞ。長屋を見つけなけりゃならねえし、人別(にんべつ)も変わるから請け負い人も必要だ。銭だってかかる」

と、声を荒らげた。

寛平は清吉の思わぬ剣幕に怯(ひる)んで、

「そんなに怒らなくたっていいじゃない。来られるのが嫌ならなにがなんでも引っ越すべきよ。あたしはそう思っただけ」

おちよさんに何か訳があるなら別だけど、と寛平は突(つ)っ慳貪(けんどん)な物言いをした。

清吉が舌打ちをして、

「少将ってぐらいだから、その男はお偉いさんなんだろう？　亀蔵はぐうたら亭主の上に自分の子を見殺しにするような屑男(くずおとこ)だ」

と吐き捨てた。

「明日も明後日も来やがったら、おれが追い返してやらぁ」

笊を振り上げた清吉は、ぷんぷん怒りながら戻っていった。

少しばかり、涼しい風が吹き始めた。空もずいぶん高くなった。亀蔵の騒動はまだ続いていて、お瑛が揚げ縁を下ろしていると、木戸から男たちに追い出される姿を見た。

畜生、畜生と呟きながら、背を丸めて亀蔵が歩いていた。どこに住んでいるのか、着ているものは、よれよれだった。

その日の昼に、

「お瑛さん、これまでお世話になりました」

おちよがやって来た。

おちよが引っ越しを決めたという話は耳にしていた。

「引っ越し先はもう決まったの？」

そう訊ねると、おちよは首を横に振った。

「皆さんに探してもらって申し訳なかったけれど、在所の粕壁に戻ることにしたの。駆け落ちだもの、さすがに亀蔵もみっともなくて追って来られないと思うから」

そう、それがいいかもね、とお瑛は頷いた。

「ねえ、あたしたちが駆落ち者だってことは知っているわよね？」

お瑛は曖昧な返答をした。

おちよは、お瑛が戸惑うほど明るい表情でううんと手を振った。

「いいのよ、噂になっているのは知っているもの」

「いつ江戸を発つの？　でも女子ひとりだと差配さんからのお許しが出なかったでしょう。誰か一緒に？」

「明朝には発つつもり。清吉さんがついてきてくれるからお許しがでたの。いい人よね。あたしがもう少し若かったらなぁって思うわ」

おちよは、軽口を叩いてくすくす笑った。無理をしているふうではなかった。お瑛は、少しほっとした。大切な人を亡くした気持ちは痛いほどわかる。もちろんこれから辛い思いが訳もなく込み上げてくることもあるだろうけれど、少しずつ哀しみを癒していってほしいと思う。

「わざわざ、挨拶にいらしてくれたの？」

「じつはね、それだけじゃないの」

売りたいものがある、とおちよは、巾着袋を差し出してきた。紺色の別珍の布だ。

細い組紐の先には蜻蛉玉がついていた。中身はなんだろう、ずっしりと重たい。

「開けてもいいかしら？　おちよさん」

おちよが頷く。

お瑛が紐を引くと、入っていたのはお手玉だった。やはり別珍で作られていて、紺と赤のお手玉が五つあった。

「それね、あたしの在所から送られてきたものなの。おはるの玩具にって」

そんな大切なもの――お瑛はおちよと巾着袋を交互に見る。

「でもあの子、遊ばないうちに逝ってしまったから新品同様よ」

でもお手玉なんて、三十八文じゃ高いかしら、とおちよが恥ずかしそうにした。

「いいえ、こんな豪華なお手玉、見たこともないわ」

お手玉は大抵、着古した小袖やあまり布で作る。別珍で作ったお手玉を見たのは初めてだ。

お瑛がひとつ取り出し、掌にのせて、そっとほうり投げる。馴染みもいいし、いい音がした。中に鈴が入っているようだ。

「こんなすてきなお手玉、売ってもらえるなら嬉しいけれど、本当にいいの？　おはるちゃんのものなんだから。それに買い取り値は頑張っても二十文ですけど」

おちよは、二十文あれば十分、とお瑛に顔を向けた。

「おはるの物は、古着もむつきも長屋のみんなに分けたの。でもこれだけは、お瑛さんの処で売ってもらいたくて。長屋の人たちには悪いんだけど、知り合いじゃなくて、あたしの知らない、どこかの女の子に楽しく遊んでもらいたいの」

でないと、思い出してしまうから、返してっていいたくなるから、とおちよは唇を噛み締め、空を仰いだ。

「それにもう、忘れたいのよ」

「忘れたい？」

お瑛は思わず聞き返す。

「あんな人の子だから忘れたいの。あたしの子でもあるけれど、忘れたいのよ」

お瑛は眉根を寄せた。

「ねえ、お瑛さん、あたしが仕事にさえ出なければ、おはるは死ぬことはなかったかもしれないわよね？」

「駄目よ、おちよさん。そんなふうに考えちゃ。だって、ちゃんと亀蔵さんは家にいたんだもの。それでも、おはるちゃんは亡くなった。病が重たかったのよ、誰のせいでもないってあたしは思う」

お瑛はそう答えながらも困惑していた。おちよは、あたしになにを伝えようとしているんだろう。別珍の巾着袋を握る指に、知らず知らずのうちに力が籠る。

おちよは首を横に傾げて、呟いた。

「そうね。たとえお医者が診ても、おはるは助からなかったかも。でもね、あたしも、真っ平だったの。あんな男と暮らすの」

おちよが、不意に笑みを浮かべた。その笑みには、おちよの本心がいきなり出てきたような気がして怖くなった。これ以上、聞きたくない。お瑛はおちよをじっと見つめる。

「亀蔵は、あたしの家に出入りしていた植木職人だったの。あたしもお嬢さまなんていわれてたのよ」

おちよが自分の両手を突き出した。

亀蔵と江戸に来てからずっと、料理屋で器を洗って、つるつるだった手は、もうがさがさで皺だらけ。冬になれば、あかぎれが痛くて、白粉も紅も何年も塗ったことがない、とため息交じりにいった。

「乳母日傘で育ったあたしは、無骨で強引な亀蔵に惹かれた。そんな男を見るのは初めてだったから」

口数は少なかったが、おちよは亀蔵に誘われるまま家の者の眼を盗んで、芝居に出かけたり、居酒屋に連れて行かれたりもした。祭りの日に神輿を担ぐ亀蔵は逞しくて、仲間と酒を酌み交わす姿は、男らしくおちよの眼には映った。

「けれど、それがみんな、まやかしだと気づいたのは、江戸に来てから。無骨なのは、ただ粗野なだけ。強引なのは、身勝手なだけ。あたしの勘違いだったのよ」

おちよが垂れ流す呪詛のような言葉に、お瑛は胸を圧し潰されそうだった。

「なんのためにその子は生まれてきたのかしらって」

不意に寛平がいった言葉が頭に甦る。

「おちよさん、それ以上は止めて。新しい暮らしを始めるんだから、もう過去のことはいいじゃない」

すると、おちよの表情がいきなり変わった。

「なぜ聞いてくれないの？　聞いてほしいのよ、お瑛さん」

「ごめんなさい。あたしは、もう聞きたくないの。おちよさんがなにをいおうとしているのか、あたしは知りたくないのよ」

お瑛は、傍らに置いた小さな銭箱から二十文を取り出した。そのまま膝立ちして身を乗り出し、おちよに差し出す。

「さあ、これを受け取って。このお手玉はたしかに買わせていただきます。ありがとうございました」

おちよは銭を受け取ったが店先を去ろうとはしなかった。

通りすがりの男が店を覗きかけたが、妙な気配を察したのか、すぐに立ち去っていった。おちよは眼を吊り上げ、お瑛を睨めつけてくる。その瞳は強かったが、涙が滲んでいる。

帰ってくれとはいえない。戸惑いつつ、お瑛がその視線を見返すと、おちよが口を開いた。

「だから亀蔵との暮らしを捨てたかったの。おはるがね、いなくなって、あたしね、ほっとしたの。そりゃあ、死んだときは悲しかった。でもね」

これでふたりを繋ぐものがなくなる。別れられると、そうおちよはいった。

「あたしが病のおはるを置いて仕事に出たのは、こうなるとどこかでわかっていたからだと思うの。だって、あの人におはるを任せたってなにもしやしないもの」

ああ、とお瑛は俯いて耳を塞いだ。

おはるちゃんの死は、ふたりを夫婦別れさせるためだったの？　おはるちゃんは、そのために生まれて、そしてたった四カ月で死んだというの？　だとしたら、あまりにも惨くて、哀れすぎる。

「おはるは、とっても親孝行な子だったのよ。あたしのために死んでくれたんだもの」

　おちよが再び空を仰ぎながらいった。

　お瑛は悲しくて悔しかった。おちよの言葉がおはるの死を穢しているような気がした。

　熱にうなされ、小さな身体で苦しさにたえていた。言葉が話せたら、助けてといっただろうに。亀蔵とおちよを必死に求めただろうに。

「身勝手なのはどっちもどっちよ」と、お瑛は呟く。

「なに？　お瑛さん」

　お瑛はおちよを強く見つめた。

「どっちもどっちといっただけ。亀蔵さんもおちよさんも、身勝手なのは一緒」

　誰が死にたくて生まれてくるの？　生きて生きて生きて、苦しくても辛くても生きて、でも楽しく幸せに生きても、やがて人には死が訪れる。それはどんな身分でも、お金持ちでも、貧乏人でも一緒。神さまは、人に死を与えることで折り合いをつけてるんだと思う。

「親のために死んでくれたなんてあるはずないじゃない。おはるちゃんの命は、誰の物でもない、ましてやおちよさんの物であるはずがないじゃない。おはるちゃんの物よ」

お瑛は声を抑えながらも、厳しい口調でいった。

「でも、おはるはもう戻って来ない。お瑛さんの兄さんと同じよ。誰かが死ぬってことは、哀しみを与えるけれど、それによって、ほっとすることだってあるのよ」

おちよの目尻から、すうっと涙が流れ落ちた。おちよはそれを慌てて拭う。

「男を見る眼のなかったあたしとぐうたら男の子どもなんて、きっとろくでもない子に育ったわよ。おはるはなにも知らないままあの世にいってよかったのよ」

今度生まれて来るときは、もっとまともな親の元に生まれてくればいい、おちよはそういって、背を向けた。

「おちよさん」

「聞いてくれてありがとう」

おちよは振り返らずにいった。

「在所に戻ったら、受け入れてくれるかどうかわからないけれど、自分の過ちに気づいたことはふた親に謝るつもり」

清吉さんも一緒に謝ってくれるんだって、とおちよは笑う。

どこまでお人好しなんだろう。それも清吉らしい気がするけれど。

「在所のご両親は大丈夫よ。だって、このお手玉を送ってくれたのでしょう。亀蔵さんとのこと許してくれていたのよ」

「そうね。でもあたし、あの長屋に落ち着いたとき、幾度も文を出したのよ。けれど一度も返ってこなかった。ただおはるが生まれたときだけ、このお手玉を送ってきたの。きっと、おはるのことだけは認めたのよ。孫はかわいいっていうものね。あたしひとりで帰ったら、がっかりさせてしまうかも」

おちよは店先を離れた。

お瑛はその背だけを見送る。すると、清吉が店から出てきて、おちよに何か話し掛けている。明朝発つといっていたから、その話でもしているのだろう。

なぜ、あたしにあんな話をしにきたのか。おちよの気持ちがわからなかった。

あたしが兄さんを亡くしているから？　哀しみは共有できるけれど、あたしのために兄さんが死ぬなんてことはあり得ない。ましてや、あたしがほっとするなんてことは、あり得ない。おちよの思いは間違っている。

あたしは絶対、得心しない。

五

お瑛は店を仕舞い湯屋に行ったが、どうにも気が塞いで、柚木へと足を運んだ。

いまはまだ、大川は川涼みの最中で、花火も上がっている。柚木からは花火見物ができるので、店は大忙しだろうが、どうしても、お加津と話がしたかった。

おちよのことを胸の中に仕舞っておくのが、あまりにも辛すぎる。

湯屋帰りに行くのも気が引けたが、店に戻ると出るのに躊躇してしまいそうだった。

お瑛は下駄を鳴らして、蔵前通りを歩いた。

そういえばあの占い師はまだいるのだろうか。やっぱりあたしは商売替えはしない。でも、予期せぬ人っていうのは誰だろう。もっともどんな人だろうなんて思っても詮無いこと。あたしは、やっぱり『みとや』のお瑛で頑張ろう。と、柳橋の近くまで来たとき、辰吉の姿が見えた。

「猪の辰！　どこ行くの」

お瑛が駆け寄ると、辰吉がびくりとして振り返った。

「お、お瑛さんか」

なんとなく困ったように眼をそらした。いつもの威勢のよさがない。

「今日はお店、忙しいんじゃないの」

「ああ、いまは飯を食いに行くところなんだ」

「柚木で食べさせてくれるでしょう。珍しい」

「まあ、そうだけどな」

辰吉はどこか落ち着かない様子でいる。ちらちら、両国のほうを見ている。誰かと待ち合わせでもしているのだろうか。

「ごめんごめん、お腹が空いているのよね。足を止めさせちゃったわね」

「お瑛さんはどこへ行くんだい？」

「お加津さんの処。大丈夫かしら」

「今夜は宴席がふたつほど入っていたはずだけど、いまお加津さんは自分の座敷にいるよ」

「ありがとう」と、お瑛が歩き出すと、

「あ、あのよ」

辰吉が遠慮がちにいった。

「おれさ、その――」

どうも様子がおかしい。なにかいいたそうなのに、口にしない。何を迷っているんだろう。

「ああ、畜生。やっぱりいえねえや」

辰吉は鬢を掻くと、身を翻した。

なにあれ？　お瑛は憮然として辰吉を見送った。

お加津は、自室で夕餉を摂っていたが、すぐにお瑛の分も誂えてくれた。

久しぶりの柚木のご飯だ。お瑛の好きな昆布となまり節の煮物と玉子焼きが膳に載っていた。

「どうしたの？　妙な顔してる」

さすがはお加津さんだ。もうあたしのことを見抜いている。

「困ってるって顔に書いてあるわよ」

お瑛は思わず掌で頰に触れた。

「わからないわけないでしょう？　あたしがお瑛ちゃんをいくつから見ていると思っているの？」

元気なそぶりをしていても、どこかにほころびがあるものよ、とお加津は笑った。

「じつはね、お加津さん」

　と、お瑛はおちよのことを話した。

「あたしには、どうしてそんなふうに思えるのかが不思議でならないの。だって、自分の子どもが亡くなったのに、これで亭主と別れられると、ほっとした、おはるは親孝行だって、信じられる？」

　お瑛が箸を持ったまま、まくしたてると、お加津がそうね、とひと言いった。

「あたしは子どもも、ぐうたら亭主もいないから、わからないけれど」

　そういって嘆息したお瑛に、四カ月っていったわよね？　とお加津が訊ねてきた。

　お瑛は頷いた。

「その人、辛いと思うわよ。我が子のことを忘れられる日なんかないはずよ」

　お瑛は首を傾げた。

「まだお乳が出るもの。胸乳が張って、そりゃあ痛いの。お乳が石みたいに硬くなるのよ。吸ってくれる赤子がいなければ、自分で搾り出すしかないの。そのときの痛み、哀しさ、切なさったらないはず」

　お乳は、不思議なことに赤子のお腹が空くぐらいになると徐々に張ってくるのだという。

一日に何回も。

きっと自分の手で乳を搾って、流しに捨てている、とお加津は気の毒そうな顔をした。

母親として、乳をあげる子のいないことは堪え難いと思うわよ、と続けた。

「いつも泣いていると思うわ、その人」

「それじゃあ、おちよさんは」

「自分に嘘をついて、そう思い込もうとしているだけじゃないの。だからお瑛ちゃんに話して、自分の嘘をほんとにしたかった。お瑛ちゃんにもなかった？　そんなこと」

たしかに思い当たることがあった。ずっと長太郎を詰り続けたのだ。お瑛にいった悪口や軽口を思い出しては、長太郎の位牌に向かって文句を垂れた。

おちよとは異なるけれど、大好きな兄さんを詰ることで、お瑛は少しだけ胸がすっとした。寂しさを紛らわせることが出来た。

おちよも、自分の心を偽っておはるとの別れを果たそうとしているのかもしれない。

「けどさ、その亀蔵って亭主はもう、諦めたの？」

「それが、まだみたい。今日、追い返されているのを、あたしも見ちゃった」

お加津が眉間に皺を寄せる。

「おちよさんって、明日、江戸を発つのよね。そのことは知っているのかしら？」

「あたしはそこまでわからないけど」

「亭主が自棄になって、何か起こさなきゃいいけれど」

お加津の不安がお瑛にも伝わってくる。

「だって駆落ちまでしたふたりだろう？　男はぐうたら者でさ。未練たらたらなんじゃないの。可愛さあまって憎さに変わるってこともある。明日の早いうちに江戸を発つならそれにこしたことはないわね」

お加津は真顔でいい、相手への執着が絡むのが一番厄介だと、顔を曇らせた。

「うちに通って来る芸者衆にも、旦那を取った取られたなんて話はごろごろしているからね」

お瑛があまりにも不安げな顔をしていたのか、お加津は少しだけ頬を緩めた。

「でもさ、お瑛ちゃん。店をやっていると、いろいろなお客さんがくるでしょう。一回限りの人もいれば、何回も通って来てくれる人もいる。段々、話をするようにもなって、色々な人がいることがわかる。うちと、お瑛ちゃんの店とは商いが違っても、人の世を学ぶことにはことかかないわね」

ときには深刻な話もあるけれど、楽しいこともきっとある。商いは売り買いするだけじゃない。世の中の様々なことが見えてくる。だから面白いのだと、お加津はいう。

夕餉を終え、お加津が煙草を服みながら、

「ひさしぶりに泊っていく？　昔みたいにあたしと一緒に枕並べてさ」

と、嬉しそうにいった。

お加津と床を並べるのは何年ぶりだろう。ああ、そうだ辰吉のことも訊ねたい。

と、花火の音が響いた。それと同時に人のどよめきも起きる。

「あら、始まったみたいね。見に行こうか」

と、お加津が煙草盆の灰吹きに、煙管の灰を落としたときだった。

「女将さん、すぐに戸を閉めて。玄関も」

裏口から飛び込んできた辰吉が大声で叫んだ。

「どうしたんだい、辰吉さん」

お加津が立ち上がる。

どん、という花火の音と歓声が辰吉の声をかき消した。辰吉は、駆け回って店の入り口を閉じ、勝手口へと走っていく。

汗だくでお加津の前に現れると、生唾を呑み込んで、

「刺されたんだ」

と、興奮気味にいった。

お加津とお瑛は、眼を見開いた。

「広小路のおきくっていう占い師だ。まさか、おちよさん？　行列に並んでいた男に刃物を突き立てられたんだ」

それで？　お加津が青い顔をして訊ねた。

「占い師を刺した男は、人ごみに紛れて逃げている最中だ」

どんどん、と裏口を激しく叩く音がした。

お加津もお瑛も、びくっとして裏口を見る。

「北町奉行所の八坂ってもんだ。こっちに刃物を持った男が逃げている。用心してくんな」

「八坂さま！」

お瑛は裏口を開けた。

「おう、『みとや』の主か」

「おきくさまが刺されたって本当ですか？」

「ああ、どれだけ恨みがあったんだか、あたりは血の海だった。助かりゃいいが。占い師に雇われていた男も医者を呼んでから、見当たらねえらしい。刺した男を追いかけたのかもしれねえが、花火見物の客に紛れたら、取り逃がしちまうかもしれねえ。悪いな、もう行くぜ」

おきくに雇われていた男。以前、仕入れの品を届けに来た男――？

身を翻した八坂に、

「あの、刺したのは誰なんですか」

「わからねえ。頬被りをしていたんでな、一緒に並んでた奴らも顔は見ていねえ」

ただ、暖簾を潜ったあと、妙なことを口走ったという。

「百夜通いって聞こえたそうだ」

お瑛の背に悪寒が走った。足が震える。

「なんだ、どうしたんだよ」

こんなこと、いえない。もし違っていたら、大変なことになる。でも。もし亀蔵だとしたら、次に狙うのは、おちよさんだ。

「どうしたんだい？　顔色が悪いぜ」

辰吉が声をかけてきた。

「もし、間違いだったら、ごめんなさい。八坂さま、茅町の乾物屋さんの裏手の長屋に住むおちよさんを守ってあげて」

　八坂が訝しむ。

「おちよさんの亭主の亀蔵さんがおきくさまを傷つけたのかもしれないから。でも、違っていたら大変なことになるけど」

　お瑛はざっと経緯を八坂に伝えた。

「なるほど。そいつは怪しいな。わかった。乾物屋の裏店のおちよだな。念のために、おれの小者を回しておく」

　とにかく戸締まりだ、と八坂は大声でいうと駆け出して行った。

　花火と歓声が、あたりに響く。

　おきくの赤くそまった白い衣を思い、お瑛は首を振った。

　その夜は、お加津の処に泊ることにした。

　亀蔵は、夜のうちに捕えられた。やはりおちよの処へ行ったらしい。だが、おちよはすでに長屋を出て、清吉の家に居て助かったのだ。

　小者に縄を打たれた亀蔵は、占い師が女房の元に百夜通えといったと、喚き散らしたそうだ。亀蔵は百夜どころか、十日と数日だった。でも、亀蔵は知らない。百夜通

い の深草少将は九十九日目で亡くなった。小町に想いは届かなかった。おきくさまは、あきらめろといったつもりだったのかもしれない。けれど逆恨みもいいところだ。おきくさまが、本当に気の毒だ。おちよはあんな男と吐き捨てたが、それでも亀蔵はおちよを諦めきれなかったのだろう。でも、おきくさまを傷つけることとは別だ。

亀蔵が捕まったので、翌朝、柚木を出て、お瑛は『みとや』に戻った。

大戸と潜り戸は閉まっている。裏口へ回ろうと路地を入って、お瑛は悲鳴を上げそうになった。男が踞って眠っていた。

なぜ、こんなところで、と恐る恐る近づいた。「もし」と、声を掛けたが、寝息だけが聞こえる。よくよく見れば、袖が血だらけで、腹のあたりにも少し血が滲んでいた。

ここでなにが起きたというの。

番屋から八坂さまを呼んでもらおうかしら、と思ったとき、背後から「お瑛さん」と直孝の声がした。

「昨夜は心配しましたよ。亀蔵の捕り物があったので、どうしたかと」

お瑛は慌てて直孝を押し返し、通りに出た。

「怪我をした人が、うちの裏口の前にいるの」と、お瑛が小声でいった。

「わかりました。私が行きましょう」

直孝はすたすたと男の方へ向かい声を上げた。

「そこで、なにをしているのです」

お瑛は、はらはらしながら様子を見守る。

目覚めた男の顔を見て、「あなたは、あの夜の」と、直孝が眼を見開いた。

六

男は庄太郎と名乗った。歳は三十くらいだろうか。無宿者の寄せ場帰りで、おきくに拾われたのだという。

「占いが当たらないと逆恨みをされることが多いので、用心棒代わりとして雇ってもらっておりました。でも昨日は結局、相手を殴ったものの、守りきれずに。情けねえ」

と悔しげに話した。おきくの血なのか小袖に黒く変色した血が点々とついていた。

「この恰好で歩けば、番屋にも引っ張られますし、なによりおきくさまについても訊ねられましょう。捕り物が始まったときに、この間訪ねた『みとや』さんのあたりだと気づいて、こちらの路地に入って様子を窺っていたのですが」

　腕と脇腹に傷を負い、そのうえ走ったせいで、出血がひどくなり、急にくらくらしてきて、あとは覚えていないという。気まで失うなんて、みっともねえと、庄太郎は、横になりながらぼそぼそ話し、突然、「おきくさまの処に行かねえと」と、身を起こした。

が、「痛っ」と顔を歪め、腕を押さえた。

「だめよ、血は止まっているけど、いまお医者を呼びに行くから、ちゃんと診てもらわないと」

「そいつは困る。おれは寄せ場帰りでさ。それよりおきくさまが心配だ。おれより深く刺されていたんだ」

　直孝が立ち上がった。

「では、私がそのおきくさまの具合を訊ねてきます。それでいいですね」

　直孝が出て行くと、庄太郎は、ふうと息を洩らした。急に静けさが流れた。妙なことになってしまったとお瑛は思った。

　庄太郎も無言で天井を見上げている。

　お瑛は、「おきくさまの占いは当たるの？」と、自分でも呆れるほど馬鹿馬鹿しい質問をした。庄太郎が、わずかに口許を歪めた。

「おきくさま自身が、占いなど気の持ちようだといっておりました。ただ、おきくさまには人を見る力は備わっておりました」

風貌やその時々の顔色、相手の恰好や言葉遣いなどから、当たり障りのない言葉を選んで紙に綴るのだという。

「おきくさまに励まされ頑張る者もいれば、その逆の者もおります。人は勝手ですから、好くならなけりゃ、あの占い師のせいだと」

そのため、おきくは一所におらず、場所を転々と変えていたので、常に旅籠泊りだったらしい。

また、静かになった。店を開けるわけにもいかない。ああ、とお瑛が庄太郎に訊ねた。

「あの、お腹空いてますよね」

「大丈夫です」

再び、沈黙が流れる。

そこに医者が来た。直孝が呼んでくれたのだ。庄太郎は拒んでいたが、お瑛が説き伏せる。庄太郎を診てもらうと、腕の傷のほうが深いが、大事には至らないといった。

とりあえず安心したが、医者は「刃物傷なんてな厄介はご免だよ」と、一分も薬袋料を取った。

まったく強欲、とお瑛は医者を笑顔で送り出しながら、心のうちで文句をいった。

それから四半刻（約三十分）ほどして直孝が戻った。

「お待たせしました。庄太郎さん、おきくさまは助かったそうです。両国の広小路からすぐのお医者の処にいるそうです」

「そうですか、よかった。では帰ります」

と、庄太郎が礼をいい、腕の痛みを堪えながら、ふらふらと立ち上がった。

「でも、その着物」と、お瑛が止めた。

血がついた着物じゃ、本当に番屋行きだ。

直孝が長屋に戻り、小袖を持って来た。お瑛が分けた長太郎の小袖だ。

裄も丈も庄太郎にぴったりだった。

お瑛が乱れた髪を直してやると、顔などまったく似ていないのに一瞬長太郎に見えた。

「ご親切にありがとうございました。おれのような者に医者を呼んでくださって」

あらためて礼をしに来るといって、庄太郎は出て行った。

お瑛は、安堵と不安の交じった息を吐く。

「まあ、世の中色々ありますね」

揚げ縁に品物を並べながら、直孝が別珍の巾着袋に眼を留めた。

「やあ、お手玉ですね。懐かしいなぁ。母上とよく遊んだものです」

といった直孝の顔がわずかに曇った。

「直孝さん？」

「あ、いえ。私ももうすぐ兄になりますのでね。しっかりしなきゃと思いまして」

「まさか、お花さん、赤ちゃんが出来たの？」

それで最近ははなまきに出ていなかったのだ。

「いつ生まれるの？」

「もうあと数カ月。長太郎さんの」

お瑛はそれを聞いて顔を強張らせかけたが、

「そう、兄さんの一周忌あたりなんだ。祝言も兄さんが逝ってすぐだったものね」

でも、よかったわね、喜んでいるでしょう？　と訊ねると、ええと直孝はようやく笑顔になって、お手玉遊びを始めた。

「おや」と、直孝が首を傾げた。

「ああ、それ鈴が入っているのよ」

「違いますよ。別の音もします。失礼します」

直孝は自分の刀から小柄を抜いて、お手玉の縫い目を裂いた。

覗き込んだお瑛は眼をぱちくりさせた。

「一分が四枚。一両入ってるの？」

「そのようですね。他のお手玉にも同じように入っているのでしょう」

おちよのふた親は、自分たちの孫が生まれたことをこうした形で祝ったのだ。なのに、亀蔵とおちよは――。

「あたし、これ届けなきゃ。だって、三十八文で売れないもの」

「ちょっと、お瑛さん。いくらなんでも間に合いませんよ」

直孝がいったが、

「あちらは足。あたしは舟よ」

お瑛は半纏を脱ぐと、すぐさま三和土に下りて、草鞋の紐をきつくしめた。だけど、追いつくかどうかはわからない。お願い、間に合って、と走りながらたすきを掛ける。

粕壁だから、千住に向かう。今朝、店を開けたとき、清吉の母親がやって来た。

昨夜、亀蔵の捕り物騒ぎの後、おちよも番屋で夜中まで口書を取られ、出立が遅れてねと話していた。もしも清吉が乗り合い舟を使っていたら無理だけど、徒歩なら、千住の橋までいけば会えるかもしれない。お瑛は土手をおりて、菰を上げ、舟に乗り込んだ。

大川に出ると、やはり涼み船が多く出ていて、漕ぎ辛い。それでも、お瑛はぐっと櫓を押して、舟を滑らせた。

「相変わらず、速えな、お瑛ちゃん」

「急いでるのよ、またあとで」

「いつものことじゃねえかよぉ」

荷船の船頭が呆れ顔ですれ違う。

千住まで、力が持つかしら。それが心配。橋場のあたりまで来て、急に疲れが出てきた。櫓を押すのも辛くなってきた。

遠くに千住の橋が見えてくる。

結局、おちよと清吉には会えなかった。

お瑛は、ぐったりして店座敷の奥の居間でごろんと横になった。

別珍のお手玉を傍らに置いて、眺める。

売らずにおこう。清吉が戻ってきたら、おちよの家に送ってもらえばいいのだ。

「お瑛ちゃん、表から丸見えよ。疲れているのはわかるけど」

寛平に叱られ、お瑛はもそもそと身を起こす。

算盤を弾いている直孝は笑いを堪えている。

これじゃまるで兄さんみたい、とお瑛は一人で笑った。なんの思い出し笑いよ、気味が悪いわね、と寛平が横目で見てくる。と、辰吉が姿を見せた。

「あら、いらっしゃい」

寛平がいうと、辰吉は上がっていいかなと、お瑛に真剣な眼差しを向けた。

お瑛はその視線にどきりとして、ぎこちなく頷いた。辰吉は、お瑛の前に腰を下ろすと、すぐに口を開いた。

「お加津さんの姪っ子との縁談がある。でもおれは、その前にどうしても告げておきたいことがあるんだ、お瑛さん」

やだ、ついに、この日が、と寛平が眼を輝かせて腰を浮かす。

つまりお加津さんと親戚になるってこと？　それだけでも驚きなのに、その前に告げておきたいことって？　お瑛の頭の中が混乱している。

一体なに？　と訊ねたいのを堪えて、お瑛は辰吉の言葉を待った。

寛平も直孝も、固唾を呑んで、お瑛と辰吉のふたりを見守っている。

辰吉はお瑛の前に膝を揃え、どこか思い詰めた顔で座っていた。妙な静けさに、辰吉の息遣いまで聞こえてくる。

「お瑛さん、おれは――」

きゃっ、と小さく寛平が声を出し、直孝にすり寄った。直孝が、嫌な顔をする。

「おれは――」

「はい」

お瑛が答えると、辰吉が「おれは」と三たびいった。

すると、辰吉はいきなり膝を回し、長太郎の位牌に向かっていった。

「長太郎兄さんが好きだった。初めて会ったときから、おれはこの男しかいねえと思ってきた」

寛平が、「きゃあ」と叫んだ。

「辰吉さん、長太郎兄さんが好きだったのね」

あたし、じゃないの？　あれ？

直孝がぽかんと口を開けた。

「男が男に惚れちゃおかしいかよ！」

辰吉は自棄になっていった。

寛平は腕組みをして、ぐっと辰吉を睨むと、

「おかしいことなんかねえぜ。その気持ち、大事にしな」

急に低い声を出した。

「まだ縁談を受けるかどうかは決めてねえが、告げられなかった想いをいわねえと、気持ちがすっきりしなくてよ。ある人にもそういわれたんだ」

辰吉が唇を噛み締めた。

おきくさまの行列に並んでいたのは、やはり辰吉だったんだ。きっと、想いを告げろといわれたのだろう。

ああ、もうなんでもいい。

お瑛は、騒ぐ寛平を押しのけて店座敷に座り、売り声を上げた。

「なんでもかでも三十八文。あぶりこかな網三十八文。枕、かんざし三十八文。はしからはしまで三十八――文」

夕暮れ間近の陽の中を庄太郎が歩いて来た。

店先に立つと、頭を下げた。

「大変、ご迷惑をおかけしました」

「傷は痛まないの？　おきくさまは？」

お瑛が訊ねると、庄太郎は頷いて、医者代の一分と小袖を出した。

「寄せ場帰りのあっしが亀蔵をぶん殴ったんで、おきくさまは心配して、この男は通りすがりに助けてくれた人だと、お役人に言い張りましてね。おかげで、また無宿になりました。けど、なんとかやっていきますよ」

庄太郎はそれだけいうと、踵を返した。

庄太郎という人がこれまでどう生きてきたのかはわからないけれど、人にはきっと色々な分かれ道があるのだろう。

その都度、立ち止まるか、おちよのように駆け抜けてしまうこともあるかもしれない。

過去は変えられないけど、先のことだってわかりはしないもの。

直孝も寛平も辰吉も、そしてあたしも。

お瑛は再び売り声をあげた。「──はしからはしまで──」と、そこで言葉を切った。遍くすべて、隅から隅まで『みとや』はあたしと兄さんの店だ。あたしはここでたくさんの人と出会って、笑って泣いて暮していくのだ。大切な時を生きていく。

寛平がまた辰吉をからかう。怒り出す辰吉を止める直孝。なんて騒ぎだろう。

「おいおい、今日はずいぶんと賑(にぎ)やかなようだの」

「ご隠居さま、おいでなさいませ」

お瑛は、満面の笑みを向けた。

解説

大矢博子

えっ、と声が出た。

なんてことを考えるんだ梶よう子！

何に驚いたかは後述するとして。

本書は『ご破算で願いましては』『五弁の秋花』（いずれも新潮文庫）に続く〈みとや・お瑛仕入帖〉シリーズの第三弾である。

舞台は浅草橋を渡ってすぐの茅町一丁目にある三十八文屋の「みとや」。三十八文屋とは売り物がすべて三十八文均一という、いわば江戸の百均ショップである。三十八にかけて「み・と・や」という寸法だ。

この江戸の百均ショップは、著者の創作ではない。第一巻『ご破算で願いましては』の末國善己氏の解説に詳しいが、文化年間には三十八文屋が「大に行はれ」ていたことが式亭三馬の『式亭雑記』からわかる。他にも、十九文均一、四文均一などの店もあった。『誹風柳多留』には「十九文見世にいなかゞ五六人」という川柳が採られているが、これは田舎から出てきた侍が安い土産を探すのに十九文屋に入っていく様を詠ったものと思われる。

だから『ご破算で願いましては』が出たときには、面白いところに目をつけたものだと感心した。現代に通じる商売である一方、小売や職人を回って売れ残りや処分品を安く引き取り店に並べるという仕入れの仕組みは今とは異なる。大量生産・薄利多売・大量消費のイメージが強い百均ショップだが、江戸時代のそれはむしろ、物を無駄にしない再利用の文化だったことがわかる。

そしてこの商売のありようが、物語のテーマと重ねられていた。

そのテーマとは、「やり直し」である。

主人公はこの「みとや」を営むお瑛。六つ年上の兄の長太郎と二人暮らしだ。お瑛が十一歳だった文化四年（一八〇七年）に起きた永代橋崩落事故で、ふたりは両親を亡くした。両親の小間物屋は借金のかたに取られてしまい、住む家も生計の道も失ってしまう。その後、さまざまな人の助けもあり、今の「みとや」を始めることができたのだ。

長太郎は若旦那（わかだんな）気分が抜けず、妙なものを仕入れてきてはお瑛に叱（しか）られることもあるし、仕入れたものが厄介ごとを招くこともある。それらを通して著者は、要らないとされた品物にもそれを必要とする人がいたり、あるいは別の使い道があったりするように、人間もまた、やり直すことができるのだということを描いてきた。辛（つら）いことがあっても、もう駄目だと思っても、別の生き方があるのだと伝えてきた。だから舞台が三十八文屋なのだ。

——と、思っていたのである。この第三巻を読むまでは。

いわくつきの品が巻き起こす騒動、極楽とんぼの兄としっかり者の妹、ほのかにロマンスの香り漂う猪牙舟（ちょきぶね）の船頭、頼りになるご隠居、推理の面白さが味わえる捕物、長屋の人々の人情、そしてその中に芯（しん）のように横たわる「人はやり直せる」という人間讃歌。そんな、いわば時代小説のお約束、あるいは予定調和の中で、長太郎とお瑛の兄妹は、ケンカをしたりふざけたりしながら店を守っていくのだろう、そのうち誰かと（たぶんあの人と）結ばれるのかもしれない、家族が増えたりして……などと想像していた。おそらく前二巻を読んだ多くの人が、そう考えていただろう。

ところが梶よう子は、これまで描いてきた「人生はやり直せる」というテーマから一転、本書では「どうしてもやり直せないことはある」という厳然たる事実を前面に出してきたのである。

私が冒頭で「えっ、と声が出た」と書いたのは、ここだ。第三弾である本書は、読者が思わず息を呑むような、意外な展開から始まったのだ。

第一話での出来事だし、収録されている話はすべてその出来事を踏まえた上でのものなので、それをここに書かないわけにはいかない。まだあなたが本文を読んでいないなら、どうか先にそちらをお読みいただければと思う。

では、本書の内容に移ろう。

第一話「水晶のひかり」は、元花魁のお花と、長屋に住む浪人で子供たち相手の手習塾を開いている菅谷道之進の祝言話で幕を開ける。第一巻で登場した菅谷と第二巻で登場したお花のこの展開に、読んでいるこちらまでめでたい気持ちになる。

だがそんな折り、なんと、長太郎が急死してしまうのである。

まさか、と思った。妹のお瑛とふたり、手を取り合って「みとや」をやってきた兄である。若旦那気分が抜けなくて、極楽とんぼで、お調子者で、口が上手くて人たらし。あまりに商売をさぼるのでお瑛を怒らせるけれど、何もしていないようでしれっと陰で物事を段取っていたことも数知れず。一見そうは見えないけれど、実はけっこう頼りになるお兄ちゃんなんだよな、というのは読者にも伝わっていた。視点人物はお瑛だが、長太郎もまた本書の主人公のひとりであったことは間違いない。

それを死なせるか？

しかもそれだけの重要人物を舞台から消すとなれば、両親の永代橋崩落事故ほどではないにせよ、普通は何かドラマティックな死に際というものが用意されるだろう。ところが「え、そんなことで？」と思うような理由なのである。突然すぎる。呆気ないにもほどがある。時代小説のお約束は、予定調和はどこに行ったのだ。

兄を突然失ってしまったお瑛がどのように日々を過ごすのか。本書に収録された六つの物語は、これまで通り「みとや」で商う品とそれにまつわる人間模様を中心にしつつ、お瑛の気持ちをなぞるように進んでいく。

そしてどの物語にも、失ってしまったものや戻ってこないもの、変えられない過去などが登場するのだ。

仕事が続けられなくなった指物師。病と加齢で過去の手癖が再発し、何もわからないまま他人の家に盗みに入ってしまう老女。生き別れたまま、探していることさえ伝えられず、二度と会えなくなってしまった家族。完全に気持ちがすれ違ってしまった夫婦。亡くした我が子。

これまでの二巻とは明らかに違う、やり直しのできない事柄ばかりだ。どんなに辛くても、後悔しても、時は戻せない。兄を失ったお瑛が、それら「変えられない過去」「取り戻せないもの」に向き合う人々を見て、何を思うか。それが本書の読みどころだ。

長太郎の代わりにお瑛が仕入れに回るようになったとき、お瑛は兄が回っていた場所を辿って いく。兄と親しかった人が、兄の話をしてくれる。長い間一緒に暮らしていたのに、知らなかった兄のさまざまな顔がそこに浮かび上がる。失って初めて見えてくるものがある。もういないからこそ、もっと一緒にいたいという思い。簡単には立ち直れない。悲しみが和らぐこともない。けれど、それでも、前を向くことはできる――これはお瑛が兄の喪失をどう乗り越えるかを描いた物語なのである。

それを、仰々しく心情を説くのではなく、何気ない日常の描写で読者に得心させるのが梶よう子の巧さだ。弔いの後ですぐ店を開けるお瑛は痛々しかった。元気にしてみせても布団の中で泣く場面もあった。けれど少しずつ、ああ、こんなことが自然にできるようになったんだ、という描写がさりげなく挿入される。

喪失は何かがあって一度に埋まるものではない。日常の中で少しずつ気付かぬうちに埋まっていくのだ。そして完全に埋まってしまうことはなくても、その喪失と馴染んでいくことはできるのだ。それが前を向くということなのだろう。

これまでの二巻を読んで、いつまでも賑やかに「みとや」を営んでいく姿を当然のものと思っていた。だが、違うのだ。予定調和の人生などないのだ。それは私たちも同じである。取り返せない過去、やり直せない過去、二度と戻らない大切な人やもの——誰もがそういった経験を持っている。今まさに、その悲しみの中にいる人もいるかもしれない。

やり直しはできない。けれどその過去を抱えたまま、前を向くことはできる。本書はそう読者に告げている。これまで「やり直し」を描いてきたこのシリーズは、ここから新たなフェーズに入ったと言っていいだろう。

そうそう、もうひとつ「きっとこうなるだろう」と思っていたある予想が、「えっ、そっち?」と見事に覆されたことも書いておこう。いやはや、本当に予定調和などないのだなあ。まったく、なんてことを考えるんだ梶よう子。続きが気になって仕方ないじゃないか。早く第四巻を読ませてほしい。


（令和三年八月、書評家）

この作品は平成三十年九月新潮社より刊行された。

宇江佐真理著　深川にゃんにゃん横丁

長屋が並ぶ、お江戸深川にゃんにゃん横丁で繰り広げられる出会いと別れ。下町の人情と愛らしい猫が魅力の心温まる時代小説。

青山文平著　伊賀の残光

旧友が殺された。伊賀衆の老武士は友の死を探る内、裏の隠密、伊賀衆再興、大火の気配を知る。老いて怯まず、江戸に澱む闇を斬る。

青山文平著　春山入り

山本周五郎、藤沢周平を継ぐ正統派にして、全く新しい直木賞作家が、おのれの人生を摑もうともがき続ける侍を描く本格時代小説。

青山文平著　半席

熟年の侍たちが起こした奇妙な事件。その裏にひそむ「真の動機」とは。もがきながら生きる男たちを描き、高く評価された武家小説。

葉室麟著　橘花抄

己の信じる道に殉ずる男、光を失いながらも一途に生きる女。お家騒動に翻弄されながら守り抜いたものは。清新清冽な本格時代小説。

葉室麟著　春風伝

激動の幕末を疾風のように駆け抜けた高杉晋作。日本の未来を見据え、内外の敵を圧倒した男の短くも激しい生涯を描く歴史長編。

山本周五郎著

さぶ

職人仲間のさぶと栄二。濡れ衣を着せられ捨鉢になる栄二を、さぶは忍耐強く支える。友情を通じて人間のあるべき姿を描く時代長編。

山本周五郎著

つゆのひぬま

娼家に働く女の一途なまごころに、虐げられた不信の心が打負かされる姿を感動的に描いた人間讃歌「つゆのひぬま」等9編を収める。

山本周五郎著

ちいさこべ

江戸の大火ですべてを失いながら、みなしご達の面倒まで引き受けて再建に奮闘する大工の若棟梁の心意気を描いた表題作など4編。

山本周五郎著

松風の門

幼い頃、剣術の仕合で誤って幼君の右眼を失明させてしまった家臣の峻烈な生きざまを描いた「松風の門」。ほかに「釣忍」など12編。

山本周五郎著

深川安楽亭

抜け荷の拠点、深川安楽亭に屯する無頼者たちが、恋人の身請金を盗み出した奉公人に示す命がけの善意——表題作など12編を収録。

山本周五郎著

四日のあやめ

武家の法度である喧嘩の助太刀のたのみを、夫にとりつがなかった妻の行為をめぐり、夫婦の絆とは何かを問いかける表題作など9編。

新潮文庫最新刊

はしからはしまで
みとや・お瑛仕入帖

新潮文庫　か－79－3

令和三年十月一日発行

著者　梶(かじ)よう子(こ)
発行者　佐藤隆信
発行所　株式会社新潮社

郵便番号　一六二―八七一一
東京都新宿区矢来町七一
電話　編集部(〇三)三二六六―五四四〇
　　　読者係(〇三)三二六六―五一一一
https://www.shinchosha.co.jp

価格はカバーに表示してあります。

乱丁・落丁本は、ご面倒ですが小社読者係宛ご送付ください。送料小社負担にてお取替えいたします。

印刷・大日本印刷株式会社　製本・株式会社植木製本所

ISBN978-4-10-120953-1　C0193